이솝 이야기 1

옮긴이 이지영

대전대학교 한의과대학에서 학사와 석사를 마치고, 진료와 건강 서적의 번역 일을 병행했다. 현재 꾸준한 번역 활동을 하고 있으며, 주요 역서로 《살림손길》《전립샘염과 골반통증의 새로운 치료법》 등이 있다.

그린이 아서 래컴

일러스트레이션의 황금기라 불리던 19세기 말에서 20세기 초 에드몽 뒤락, 카이닐센과 함께 영국에서 활동한 대표적 동화 삽화가다. 1967년 영국 런던에서 태어났다. 1893년 토머스 로즈의 《To the Other Side》를 시작으로, 앤서니 홉의 《The Dolly Dialogues》에 삽화를 실었다. 그 후 그림형제의 동화 삽화를 그리면서 주목받기 시작했고, 《이상한 나라의 앨리스》《피터팬》 등 다수의 작품에 참여했다.

이솝 이야기 1

개정 1쇄 펴낸 날 2021년 1월 30일

지 은 이   이솝
그 린 이   아서 래컴
옮 긴 이   이지영
펴 낸 이   장영재
펴 낸 곳   (주)미르북컴퍼니
자 회 사   더클래식
전   화   02)3141-4421
팩   스   02)3141-4428
등   록   2012년 3월 16일(제313-2012-81호)
주   소   서울시 마포구 성미산로32길 12 2층 (우 121-865)
E-mail   sanhonjinju@naver.com
카   페   cafe.naver.com/mirbookcompany

이솝 이야기 1

이솝 지음 | 아서 래컴 그림 | 이지영 옮김

더클래식

1
고양이 목에 방울 달기

어느 날 쥐 부족이 천적인 고양이로부터 자유로워질 방법에 대해 회의를 열었다. 적어도 그들은 자신들이 달아날 수 있도록 고양이가 오는 것을 미리 아는 방법을 찾기를 원했다. 그동안 고양이의 날카로운 발톱이 두려워 밤낮으로 쥐구멍에서 나갈 수 없었기 때문에 대책이 꼭 필요했다. 쥐들은 많은 꾀를 쏟아 냈지만 좋아 보이는 것은 하나도 없었다. 마침내, 아주 어린 쥐 한 마리가 자리에서 일어나 말했다.

"단순하지만 확실히 성공할 수 있는 계획이 생각났어요. 고양이의 목에 방울을 다는 겁니다. 우리의 적이 다가오면 방울이 울릴 테고, 그러면 우리는 때맞춰 몸을 피할 수 있을 거예요."

쥐 부족 모두는 왜 진작 이런 생각을 하지 못했던 것일까, 하며 크게 놀랐다. 하지만 그들 모두가 뜻밖의 행운에 기뻐하는 와중에, 늙은 쥐가 자리에서 일어나 말했다.

"우리 젊은이가 아주 좋은 계획을 세우긴 했습니다. 하지만 좀 물어봅시다. 누가 고양이의 목에 방울을 달 거요?"

해야 할 일을 말하는 것과 실천하는 것은 별개의 문제다.

2
여우와 포도

어느 날 여우는 나뭇가지에 잘 익은 포도 한 송이가 매달려 있는 것을 보았다. 포도는 손만 대면 달콤한 즙이 톡 하고 터져 나올 것 같았다. 여우는 입에 침이 가득 고인 채 한동안 그 포도를 바라보았다. 다만 포도가 너무 높은 곳에 달려 있다는 게 문제였다. 포도를 먹으려면 여우는 높이 뛰어올라야만 했고, 그래서 여우는 뛰어올라 보았다. 하지만 포도에는 닿지도 못하고 떨어졌다.

여우는 다시 한 번, 조금 뒷걸음질 쳤다가 달려가면서 높이뛰기를 했다. 그러나 아까보다 조금 더 높이 뛰었을 뿐, 여전히 포도에는 발도 댈 수 없었다. 그렇게 몇 번을 뛰어 보아도 모두 마찬가지였다.

결국 여우는 나무 밑에 주저앉아 지겹다는 듯 포도를 바라보며 말했다.

"바보같이. 시어 터진 포도 한 번 먹자고 그렇게 뜀박질을 하다니."

그러고는 코웃음을 치며 다른 곳으로 가 버렸다.

많은 사람이 손에 넣을 수 없는 것을 싫어하고 하찮게 여기는 척한다.

3
제우스와 거북이

제우스는 자신의 결혼을 자축하려고 모든 동물을 잔치에 초대했다. 그런데 이 흥겨운 자리에 거북이만 나타나지 않았다. 제우스는 깜짝 놀랐다. 그래서 나중에 거북이를 만나 왜 자신의 결혼식 잔치에 오지 않았느냐고 물어보았다. 그의 말에 거북이는 이렇게 대답했다.

"외출하는 건 관심 없어요. 집 떠나면 고생인데 어딜 가나요."

거북이의 대답에 화가 난 제우스는 거북이에게 집을 자기 등에 지고 다니라고 명령했다. 집을 떠나고 싶어도 떠날 수 없도록 말이다.

✒

다른 이의 집에서 호화롭게 사느니
제집에서 단순하게 사는 것이 낫다.

4
거북이와 오리 한 쌍

모두 알다시피 거북이는 자기 집을 등짝에 지고 다니는데, 아무리 애써도 집을 떠나지 못한다. 들리는 말에 의하면 집에서 너무 빈둥거린 탓에 특별히 초대받은 제우스의 결혼식에 가지 않아 벌을 받은 것이라고 전한다.

오랜 세월이 흐른 뒤, 거북이는 제우스의 결혼식에 가지 않은 것을 비로소 후회하기 시작했다. 새들이 즐겁게 날아다니고, 토끼와 다람쥐 같은 다른 동물들이 재빠르게 뛰놀며 온 세상을 구경하는 모습을 보고 있노라면 거북이는 깊은 슬픔과 함께 불평하곤 했다. 거북이 자신도 세상 구경을 하고 싶은데, 다리도 짧은 데다가 등짝에는 집까지 짊어지고 있어 아무 데도 갈 수 없었기 때문이었다.

그러던 어느 날, 거북이는 두 마리의 오리를 만났다. 그러고는 자신의 불만을 털어놓았다. 그의 사정을 들은 오리들은 이렇게 말했다.

"그럼 우리가 세상 구경을 도와줄게요. 주둥이로 이 막대를 물어요. 그러면 우리가 이 막대를 들고 당신을 하늘로 데려갈 테니 마음껏 땅을 구경하세요. 하지만 절대 말을 하면 안 돼요. 떨어져 죽을지도 모르니까요."

오리들의 말에 거북이는 매우 기뻐하며 주둥이로 막대를 꼭 물었다. 그러자 오리들은 각자 막대의 한쪽 끝을 붙잡고서 구름 위로 날아올랐다.

그런데 그때, 옆에서 날아가던 까마귀가 그 이상한 모습을 보고는 말했다.

"그쪽이 무슨 거북 대왕이라도 되시나!"

까마귀의 말에 거북이도 응수했다.

"감히 짐에게……."

하지만 그렇게 입을 연 순간, 거북이는 막대를 놓치고 말았다. 그러고는 바위에 부딪혀 산산조각 나고 말았다.

❧

불운은 허영심과 어리석은 호기심에서 생겨난다.

5
아기 게와 엄마 게

엄마 게가 아기 게에게 말했다.

"대체 넌 왜 그렇게 옆으로만 걷는 거니? 발을 이렇게 앞으로 내밀고 똑바로 걸어야지!"

그 말에 아기 게가 공손히 대답했다.

"그럼 엄마, 걷는 방법을 알려 주세요. 똑바로 걷는 법을 보고 배울게요."

그래서 엄마 게는 똑바로 걸어 보려고 애쓰고 또 애썼다. 하지만 엄마 게도 아기 게처럼 옆으로밖에 걸을 수 없었다. 그래서 엄마 게는 발을 앞으로 내밀어 보려다가 그만 발이 꼬여서 넘어지고 말았다.

좋은 예시를 보일 수 없거든 남에게 이래라저래라 하지 마라.

6
개구리들과 황소

황소 한 마리가 갈대 우거진 연못으로 물을 마시러 내려왔다. 그런데 물에 들어가면서 그만 새끼 개구리 한 마리를 연못 바닥에 짓이기고 말았다. 개구리의 엄마는 슬픔에 잠겨서는 죽은 새끼에게 무슨 일이 일어났던 것인지 남은 새끼들에게 물어보았다. 그러자 그중 하나가 대답했다.

"엄청나게 커다란 괴물이 거대한 발굽으로 우리 동생을 밟았어요!"

어미 개구리는 그 말을 듣고 몸통을 부풀렸다.

"컸다고, 그놈이 컸다고! 이만큼 컸니?"

그 모습을 보며 새끼 개구리들이 말했다.

"아뇨, 훨씬 컸어요!"

그 말에 어미 개구리는 몸통을 더 크게 부풀리며 말했다.

"이것보다 더 큰 놈은 아니겠지?"

하지만 새끼 개구리들은 그 괴물이 훨씬 더 크다고 입을 모았다. 그래서 어미 개구리는 몸통을 부풀리고 또 부풀리다가, 어느 순간, 풍선처럼 터져 버리고 말았다.

✧

불가능한 것을 시도하지 마라.

7
개와 수탉과 여우

아주 친한 친구 사이인 개와 수탉이 살았다. 이들은 세상을 구경하고 싶었다. 그래서 어느 날, 둘은 농장을 떠나 숲으로 이어진 길을 따라 여행을 떠나기로 했다. 두 친구는 기세 좋게 떠났지만 첫날에는 딱히 모험이라고 할 만한 일은 일어나지 않았다.

밤이 되자 수탉은 습관대로 홰 삼을 곳을 찾다가 가까운 곳에서 하룻밤을 보내기 좋은 나무를 발견했다. 개가 나무 구멍에 들어가고 수탉이 나뭇가지 위에 앉으면 딱 좋을 것 같았다. 그래서 둘은 각자 자리를 잡고 편안하게 잠이 들었다.

이튿날 아침, 새벽 첫 햇살에 눈을 뜬 수탉은 자기가 있는 곳이 어디인지를 잠깐 잊고 말았다. 그래서 농장 식구들을 깨워야 한다고 생각하고는, 언제나 해 오던 것처럼 발돋움을 하고 날개를 퍼덕이면서 크게 '꼬끼오' 하고 울었다. 하지만 그 바람에 자기를 돌봐 주던 농부 대신 근처 숲 속에서 잠자고 있던 여우를 깨우고 말았다. 잠에서 깨어난 여우는 뜻밖에 맛있는 아침을 먹을 수 있게 되어 기뻤다. 그래서 수탉이 우는 곳으로 서둘러 달려가서는 예의를 차리는 척하며 이렇게 말했다.

"훌륭하신 나리, 저희 숲에 오신 것을 환영합니다. 이렇게 뵙게 되어 얼마나 기쁜지 모르겠습니다. 괜찮으시다면 나리의 가까운 친구가 되고 싶은데요."

수탉은 여우에게 느물거리면서 대답했다.

"친절하신 나리, 과찬에 몸 둘 바를 모르겠습니다. 저기 나무 둥치에 있는 저희 집 현관을 통해 들어오시지요. 문지기가 나리를 들여보내 줄 겁니다."

배가 고파 의심이 없어진 여우는 수탉의 말대로 나무 둥치로 갔다가 순식간에 개에게 잡히고 말았다.

❧

남을 속이려 하는 자는 언젠가 속고야 만다.

8
독수리와 갈까마귀

독수리 한 마리가 기세 좋게 날개를 퍼덕이며 양 한 마리를 낚아채서는 둥지를 향해 날아올랐다. 이 광경을 본 갈까마귀는 그만 자기가 독수리만큼 크고 강하다는 어리석은 생각을 했다. 그래서 갈까마귀도 날개를 퍼덕이고 바람을 일으키며 커다란 양의 등짝을 발톱으로 붙잡았다. 하지만 발톱이 양털에 얽히는 바람에 갈까마귀는 다시 날아오를 수가 없었다. 아무리 애를 써도 양은 들리기는커녕 그의 기척조차 느끼지 못하는 것 같았다.

이때 양치기가 퍼덕이는 갈까마귀를 보았다. 어떻게 된 일인지는 뻔했다. 그는 양에게 다가가 퍼덕이는 갈까마귀를 잡고는 날개를 묶었다. 그리고 그날 밤, 그 갈까마귀를 자기 아이들에게 주었다.

아이들이 웃으며 말했다.

"참 웃긴 새네요. 이 새 이름이 뭐예요, 아버지?"

그러자 아버지가 대답했다.

"갈까마귀란다. 하지만 이 새는 자기를 독수리라고 불러 줬으면 할걸."

허영심에 사로잡혀 스스로를 과대평가하지 마라.

9
개암을 쥔 소년

한 소년이 엄마의 허락을 받고 단지 속의 개암을 먹으려고 했다. 소년은 단지 안으로 손을 뻗었다. 하지만 욕심껏 개암을 한 주먹이나 쥐는 바람에 단지에서 손을 뺄 수 없었다. 소년은 손에 쥔 개암을 한 알 놓지도 못하고, 그렇다고 단지에서 손을 빼지도 못한 채로 어쩔 줄 몰라 하다, 결국 짜증을 부리며 울기 시작했다. 그 모습을 본 엄마가 말했다.

"아가, 개암을 반 주먹만 쥔다면 손도 쉽게 뺄 수 있을 거야. 그러면 나중에라도 개암을 더 먹을 수 있을 거 아니니."

❧

너무 많은 일을 한 번에 저지르지 마라.

10
헤라클레스와 짐마차를 몰던 농부

농부가 큰 비가 온 뒤 진창이 된 길을 따라 짐마차를 몰고 있었다. 진창이 너무 깊어 말들조차 제대로 마차를 끌 수 없었다. 그러다 마차 바퀴는 길가의 구덩이에 빠졌고, 짐마차는 완전히 멈추고 말았다.

농부는 자리에서 일어나 짐마차를 살폈다. 하지만 바퀴를 구덩이에서 빼려고 하는 대신 자기의 불운을 저주하며 헤라클레스에게 도움을 청할 뿐이었다. 곧 그의 기도대로 헤라클레스가 나타났다. 그러고는 이렇게 말했다.

"여보게, 자네가 직접 등으로 바퀴를 밀고 말을 채근하게나. 멀뚱히 앉아서 불평만 한다고 짐마차가 움직이겠는가? 그대가 스스로 노력하지 않는 한 이 몸도 도와주지 않을 걸세."

결국 농부는 헤라클레스의 말대로 자기 등으로 바퀴를 밀면서 말들을 채근했다. 그러자 짐마차는 움직이기 시작했고, 얼마 지나지 않아 농부는 큰 만족감과 교훈을 얻고서 다시 길을 떠날 수 있었다.

❧

하늘은 스스로 돕는 자를 돕는다.

11

아기 염소와 늑대

농부가 기운찬 아기 염소 한 마리를 보호해 주려고 양 우리의 초가 지붕 위에 올려놓았다. 이 아기 염소는 지붕 근처를 훑어보다가 늑대 한 마리를 발견하고는 그를 조롱하기 시작했다. 늑대를 향해 실컷 이상한 표정을 짓고 놀려 대자, 그 광경을 본 늑대는 이렇게 말했다.

"다 들린다. 하지만 절대 화내지 않을 거야. 네가 그 지붕 위에서 내려오기 전까지는."

✎

절대 하지 않을 말은 언제든 하지 마라.

12
서울 쥐와 시골 쥐

어느 날 서울 쥐 하나가 시골에 사는 친척을 방문했다. 친척인 시골 쥐는 먼 길을 온 서울 쥐에게 점심으로 밀짚과 알 수 없는 뿌리들과 도토리에 마실 물을 조금 곁들여 내놓았다. 그것을 보고 서울 쥐는 여러 가지를 조금씩만 깨작깨작 먹었다. 한눈에 보아도 예의를 차리려고 먹는 것 같았다.

그렇게 점심을 먹고 나서 두 쥐는 이야기를 나누기 시작했다. 아니, 서울 쥐가 자기 사는 이야기를 하고 시골 쥐가 들었다고 하는 편이 맞을 것이다. 이야기를 마치고서 둘은 산울타리에 마련한 포근한 잠자리

에서 아침까지 조용하고도 편안하게 잠을 잤다. 하지만 그동안 시골 쥐는 서울 쥐가 들려준 사치스럽고 맛있는 모든 것을 떠올리면서 자기가 서울 쥐가 되는 꿈을 꾸었다. 그래서 다음 날 서울 쥐가 자기 집에 함께 가자고 말했을 때, 시골 쥐는 기쁘게 그러자고 말했다.

그렇게 둘은 서울 쥐가 사는 저택에 당도했다. 저택의 거실에 있는 테이블 위에는 온갖 잔치 음식이 남아 있었다. 사탕과 젤리, 달콤한 빵과 맛있는 치즈까지, 상상으로만 맛보았던 음식들이 널려 있었다.

그런데 시골 쥐가 달콤한 빵을 한입 가득 베어 물려는 순간, 문밖에서 고양이가 울면서 문을 긁어 댔다. 두 마리 쥐는 겁에 질려서 숨조차 쉬지 못하고 방 한구석으로 숨어들었다. 그렇게 한참이 지나자 고양이는 사라졌고, 두 쥐들은 다시 만찬 음식을 먹으려고 테이블 위로 올라갔다. 그런데 이번에는 하인들이 들어와 테이블 위의 만찬 음식들을 치워 버렸다. 거기에 집에서 키우는 개까지 들어왔다.

이 광경을 보고 시골 쥐는 서울 쥐의 굴로 들어와 곧바로 짐을 싸기 시작했다. 그러고는 서둘러 길을 떠나면서 서울 쥐에게 이렇게 말했다.

"이곳에는 내가 먹어 본 적도 없는 사치스런 것들이 잔뜩 있어. 하지만 이렇게 살 바에야 평화롭고 안전한 내 고향에서 맛없는 음식을 먹고 단순하게 사는 게 더 좋을 것 같아."

가난하지만 안전한 것이 부유하지만 두렵고 불확실한 것보다 낫다.

13
수사슴과 포도나무

사슴 한 마리가 사냥꾼에게 쫓기다가 무성하게 자란 포도나무 밑에 몸을 숨겼다. 그를 놓친 사냥꾼들은 포도나무 밑에 숨은 수사슴을 찾아내지 못하고 그 옆을 지나쳤다. 그렇게 위험이 사라지자 수사슴은 포도나무 잎을 하나씩 뜯어먹기 시작했다.

하지만 그때, 잎사귀가 바스락거리며 사냥꾼들의 주의를 끌고 말았다. 곧 그들 중 한 명이 포도나무 아래 숨은 동물을 잡으려고 되는 대로 화살을 쏘았다. 운 없는 수사슴은 심장에 화살을 맞았고, 서서히 죽어 가며 이렇게 말했다.

"날 보호해 주던 잎사귀를 먹으려고 생각하다니, 역시 난 죽어도 싸."

감사할 줄 모르는 태도로 인해 화를 당한다.

14
당나귀와 마부

당나귀 한 마리가 가파른 산비탈을 내려가다가 문득 새로운 길을 걷고 싶다는 바보 같은 생각을 했다. 가까이 있는 절벽 끝만 넘어가면 산기슭에 있는 자기 마구간에 바로 도착할 수 있을 것 같았기 때문이다. 그래서 당나귀는 뜀박질을 하려 했지만 그를 몰던 마부는 당나귀의 꼬리를 붙잡고는 놓아주지 않았다. 그래도 고집 센 당나귀는 말을 듣지 않고 온 힘을 다해 절벽으로 내려가려 했다. 끝내 마부는 당나귀를 놓아주며 이렇게 말했다.

"마음대로 해라. 너 가고 싶은 곳으로 가 버려, 이 고집 센 녀석아."

결국 멍청한 당나귀는 절벽에서 발을 헛디뎌 산비탈 아래로 굴러 떨어졌다.

현명한 자의 진심 어린 충고마저 무시하고 고집만 피우는 자는
반드시 불행해진다.

15
황소와 마차 바퀴들

황소 두 마리가 진흙탕이 된 시골길을 따라 무거운 짐마차를 끌고 있었다. 둘은 말없이 온 힘을 짜내고 있었다.

하지만 짐마차의 바퀴들은 달랐다. 바퀴들이 할 일은 황소의 것보다 훨씬 적었다. 그럼에도 그들은 한 바퀴씩 움직일 때마다 삐걱거리며 신음했다. 이들의 신음소리는 온 힘을 다해 진흙탕 속에서 짐마차를 끌어야 했던 황소들의 귀를 가득 채웠다. 그리고 다들 알다시피 이럴 때 일은 더욱 힘들게 느껴지기 마련으로 결국, 황소 두 마리는 참지 못하고 이렇게 외쳤다.

"조용히 좀 해! 너희 마차 바퀴들은 왜 그리 불평불만 투성이야? 진짜로 짐을 끌고 있는 건 너희들이 아니라 우리야. 그러니까 그 입 좀 제발 다물어!"

❧

가장 고생하지 않는 자들이 가장 많이 불평한다.

16
사자와 생쥐

사자 한 마리가 숲 속에서 편안히 잠들어 있었다. 그때 소심하고 조그만 생쥐가 별 생각 없이 근처를 지나다가 잠든 사자와 마주쳤다. 덜컥 겁이 난 생쥐는 급히 그 자리에서 도망쳤다. 하지만 운이 없게도 그만 사자의 코에 부딪히고 말았다. 그 때문에 사자는 잠에서 깨어났고 화가 난 나머지 커다란 앞발로 작은 생쥐를 죽이려 했다. 불쌍한 생쥐는 겁에 질려 애걸했다.

"제발 살려 주세요! 살려만 주신다면 언젠가 이 은혜는 꼭 갚을게요."

사자는 어떻게 쥐가 사자를 도울 수 있을까, 하며 웃기지도 않는다고 생각했다. 하지만 사자는 아량을 베풀어 생쥐를 살려 보내 주었다.

그렇게 며칠이 지났다. 이번에는 사자가 숲 속에서 사냥감을 뒤쫓다가 사냥꾼이 쳐 놓은 그물에 걸리고 말았다. 아무리 애써도 사자는 그물에서 나올 수 없었고, 화가 난 나머지 숲 속이 떠나도록 울부짖었다.

그런데 그때, 사자가 살려 주었던 생쥐가 사자의 울음소리를 듣고는 사자가 그물에 걸렸다는 것을 알았다. 생쥐는 재빨리 그물에 다가가 밧줄을 쏠기 시작했고, 그물은 곧 끊어졌다. 사자는 다시 자유의 몸이 되었고, 그 모습을 본 생쥐는 자랑스럽게 말했다.

"제가 은혜를 꼭 갚겠다고 했을 때 비웃으셨지요? 때로는 생쥐도 사자를 도울 수 있다고요."

꾸

친절은 결코 헛된 것이 아니다.

17
플라타너스

여행자 두 명이 정오의 땡볕 아래를 걷고 있었다. 이들은 넓고도 짙은 나무 그늘 밑에서 잠시 쉬어 가기로 했다. 둘은 그늘 아래에 앉아 나무를 올려다보았다. 그러고는 그 나무가 플라타너스라는 것을 알고, 여행자 중 한 명이 말했다.

"플라타너스라니, 참 쓸모없지! 열매는 열리지도 않는 나무에서 낙엽은 또 얼마나 떨어지는지."

그러자 마치 대답이라도 하듯 플라타너스로부터 목소리가 들려왔다.

"은혜도 모르는 것들 같으니! 내 그늘 밑에 누워 땀을 식히면서 나를 쓸모없다고 하다니! 제우스여, 인간이란 정말 어떠한 축복도 감사히 받을 줄 모르는 것들이군요!"

사람들은 종종 큰 축복에도 감사할 줄 모른다.

18
양치기 소년과 늑대

어떤 양치기 소년이 마을에서 멀지 않은 어두운 숲 속에서 주인집의 양 떼를 돌보고 있었다. 얼마 지나지 않아 소년은 단순한 양 치는 일에 싫증을 느꼈다. 재미 삼아 할 것이라고는 개에게 말을 걸거나 양치기 파이프를 부는 것뿐이었다.

그러던 어느 날, 평소처럼 조용한 숲 속에 양 떼와 있던 소년은 늑대를 보면 어떻게 할까, 하고 생각했다. 그러다 우연히 장난 하나를 생각해 냈다. 예전에 소년의 주인이 늑대가 나타나 양 떼를 공격하면 마을 사람들에게 도움을 청하라고 말한 적이 있었다. 그래서 늑대 비슷한 것은 보이지도 않던 어느 한가로운 낮에, 양치기 소년은 마을로 헐레벌떡 달려가며 목청껏 외쳤다.

"늑대다! 늑대가 나타났다!"

곧 소년의 생각대로 마을 사람들이 일손을 놓고는 급히 들판으로 달려 나왔다. 그러나 그들은 늑대 대신 장난에 성공하고는 쉴 새 없이 웃는 소년을 발견했다.

며칠이 지났다. 심심함에 지친 양치기 소년은 다시 외쳤다.

"늑대다! 늑대가 나타났다!"

이번에도 마을 사람들은 소년을 도우려고 달려 나왔다. 그리고 또 다시 소년의 비웃음을 사고 말았다.

그러다 해가 숲 너머로 기울어 들판에 그림자를 드리우던 어느 날 저녁, 이번에는 진짜로 덤불에서 늑대가 나타나서는 양 떼를 덮치고 말았다. 양치기 소년은 겁에 질려 마을로 뛰어가서는 외쳤다.

"늑대예요! 늑대가 나타났어요!"

하지만 마을 사람들은 소년의 간절한 목소리를 듣고도 전처럼 뛰어 나오지 않았다. 대신 이렇게 소년을 비웃었다.

"아가, 누가 또 속아 줄까 봐?"

덕분에 늑대는 양치기 소년이 지키던 양을 배불리 먹고는 유유히 숲 속으로 사라졌다.

❦

거짓말을 일삼는 자의 말은 진실조차 아무도 믿지 않는다.

19
늑대와 두루미

늑대 한 마리가 허겁지겁 먹이를 먹다가 목에 뼛조각이 걸렸다. 뼛조각을 넘기지도, 뱉어 내지도 못하는 바람에 아무것도 먹을 수 없었다. 먹성 좋은 늑대에게는 엄청나게 안 좋은 일이었다. 그래서 늑대는 두루미를 찾아갔다. 두루미의 기다란 목과 부리라면 목구멍 깊숙한 곳에 박힌 뼛조각도 쉽게 빼 줄 수 있을 것 같았다. 늑대는 두루미를 보자마자 이렇게 말했다.

"이 뼛조각을 빼 주기만 하면 내 한턱 크게 사례하지."

두루미는 그 말을 듣고 겁을 먹었다. 늑대의 입에 머리를 들이밀어야 했기 때문이었다. 하지만 그만큼 욕심도 많았던 두루미는 늑대가 어떤 사례를 할지 몹시 탐이 났다. 결국 두루미는 늑대의 부탁대로 목구멍 깊숙이 머리를 집어넣고 뼛조각을 빼 주었다. 하지만 늑대는 뼛조각이 빠지자마자 다른 곳으로 가려고 했다. 두루미는 초조해져서 말했다.

"사례하신다면서요!"

그 말을 듣고 늑대가 홱 돌아섰다.

"뭐라고! 참 멍청하구먼. 내 입에 머리를 들이밀고도 살게 해 줬으면 됐지, 뭘 더 바라는 겐가?"

⌒⌒

악인에게는 아무런 보답도 기대하지 마라.

20
농부와 황새

단순하지만 정직한 성품의 황새 한 마리가 막 씨를 뿌린 밭에서 열리는 두루미들의 즐거운 파티에 초대받았다. 하지만 즐겁게 시작되었던 파티는 불행하게 끝이 났다. 그 밭을 경작하던 농부가 두루미와 황새들을 그물로 잡아 버렸기 때문이었다.

붙잡힌 황새는 농부에게 살려 달라고 빌며 이렇게 말했다.

"제발 절 놓아주세요. 저는 정직하고 성격 좋기로 소문난 황새 집안 출신입니다. 두루미들이 당신의 농작물들을 훔칠 것도 까맣게 몰랐단 말입니다."

그 말을 듣고 농부는 대답했다.

"새 중에서는 성격 좋을지 몰라도, 두루미들과 함께 도둑질을 하다가 잡혔잖아. 그럼 그에 맞는 벌을 받아야지."

당신의 성품은 주변 사람들이 보여 주는 법이다.

21
양과 돼지

어느 날 양치기가 들판에서 양 떼에게 풀을 뜯기던 중 살진 돼지 한 마리를 발견했다. 양치기는 돼지를 재빨리 붙잡았다. 돼지는 붙잡히자마자 목청껏 소리를 질러 대기 시작했다. 누가 들으면 돼지가 다친 게 아닐까 싶을 정도였다. 그래도 양치기는 꿀꿀대며 몸을 비트는 돼지를 옆구리에 끼고서 시장에 있는 푸줏간으로 향했다.

그때 풀을 뜯던 양들은 돼지가 하는 짓이 놀랍고도 신기했다. 그래서 양치기와 돼지를 따라 풀밭에 난 문 근처까지 따라왔다. 양들 중 한 마리가 돼지에게 물었다.

"왜 그렇게까지 소리를 질러? 우리도 가끔 그런 식으로 양치기 씨랑 문을 나가. 하지만 너처럼 소란을 피우진 않아. 부끄럽잖아."

그 말에 돼지는 소리를 지르고 발길질하며 대답했다.

"그거야 너희야 털만 깎으면 되니까. 하지만 난 내 삼겹살을 뺏기게 생겼다고! 꽤애애액!"

～

위험하지 않을 때라면 누구나 용감하다.

22

두 여행자와 돈주머니

두 여행자가 길을 따라가고 있었다. 그러다 그들 중 한 명이 우연히 묵직한 돈주머니를 주웠다. 그는 주운 것을 살펴보며 이렇게 말했다.

"오늘은 운이 좋구먼! 내가 돈주머니를 다 줍다니. 이리 묵직한 걸 보니 금화가 가득한 모양이야."

그 말을 듣던 다른 여행자가 말했다.

"'내가 돈주머니를 주웠다.'고 하지 말게. '우리가 돈주머니를 주웠다.'고 하던가, 아니면 '우리 오늘 운이 좋구먼!'이라고 하게. 여행자들이란 함께 길 위의 행운과 불운을 나눠야 하는 법 아닌가."

그러자 돈을 주운 여행자는 발끈했다.

"무슨 소리야. 내가 주운 거니까 엄연히 내 거라고."

그 순간, 저 멀리서 누군가의 목소리가 들려왔다.

"거기 서, 이 도둑놈!"

두 여행자는 주변을 살펴보았다. 그리고 한 무리의 사람들이 곤봉을 들고서 길을 따라 내려오는 것이 보였다. 지갑을 주웠던 여행자는 겁에 질려 외쳤다.

"저들이 우리가 돈주머니를 가진 것을 알면 어쩌지? 우린 죽은 목숨일세!"

그 말에 다른 여행자가 대답했다.

"무슨 소리야. 아까는 '자네'가 주운 거라며. 그러니까 '자네'가 잘못한 거지. '자네가 죽은 목숨'이라고."

자신의 행운을 남과 나누지 않았거든 불운도 나누지 마라.

23
사자와 당나귀

어느 날 사자가 숲의 언저리를 위풍당당하게 걸어갔다. 그 모습에 뭇 동물들은 예의 바르게 길을 비켜 주었다. 하지만 당나귀는 사자를 비웃었다. 사자는 그 소리를 듣고 화가 치밀어 올랐지만 조용히 길을 가기로 했다. 당나귀는 너무도 바보 같아서 자신이 친히 앞발로 후려쳐 죽일 가치조차 없었기 때문이다.

바보들의 말에 일일이 대꾸하지 마라. 그저 무시하라.

24
각다귀와 황소

각다귀 한 마리가 크게 윙윙거리며 황소의 뿔 끝에 내려앉았다. 각다귀는 그곳에서 잠깐 날개를 쉬었다가 다시 날아오를 채비를 했다. 하지만 그 전에 황소에게 뿔 위에 허락 없이 앉은 것을 사과하기로 했고, 각다귀는 이렇게 말했다.

"이제 제가 가고 나면 한결 편안하시겠습니다."

그 말을 듣고 황소가 대답했다.

"괜찮수. 사실 댁이 거기 앉은 줄도 몰랐는데 뭐."

우리는 종종 스스로를 지나치게 중요하다고 생각하곤 한다.

25
부엉이와 베짱이

부엉이는 언제나 낮 시간 동안 잠을 잤다. 그러다 하늘에서 장밋빛 석양이 사라지고 숲 속에서 그림자들이 고개를 들 때 고목에 난 구멍 안에서 날개를 퍼덕이고 큰 눈을 껌벅이며 잠에서 깨어나곤 했다. 그러고는 자신의 요상한 울음소리로 숲 속을 채우며 애벌레나 딱정벌레나 개구리나 쥐 같은 맛있는 것을 찾아 사냥을 시작했다.

이제부터 어느 늙은 부엉이 이야기를 해 보겠다. 이 부엉이는 나이가 들면서 성미가 고약해져 항상 화를 냈는데, 특히 낮에 자다가 깨면 더 크게 화를 냈다.

어느 무더운 여름날 오후, 부엉이는 여느 날처럼 늙은 오크나무에 난 구멍 속 둥지에서 자고 있었다. 그런데 그때, 근처에 있던 베짱이 한 마리가 즐겁지만 매우 시끄러운 노래를 부르기 시작했다. 부엉이는 창문 겸 대문인 나무 구멍으로 머리를 내밀고 베짱이에게 말했다.

"이것 봐, 노래는 딴 데 가서 불러. 예의를 집에 두고 오셨나? 이 할멈도 잠 좀 잡시다!"

하지만 건방진 베짱이는 오히려, 낮에 부엉이가 자기 집에 있는 것처럼 자신도 자기 집에서 시간을 보내는 것뿐이라고 대답했다. 그러고는 더 큰 목소리로 시끄럽게 노래를 불렀다.

꾀가 많았던 늙은 부엉이는 베짱이와 이런 식으로 싸우는 건 득이 되지 않는다는 것을 잘 알고 있었다. 게다가 낮 동안에는 눈도 어두워져서 베짱이를 제대로 혼내기도 힘들었다. 그래서 부엉이는 건방진 베짱이에게 욕설을 퍼붓는 대신 이렇게 말했다.

"할 수 없구먼. 그러면 말일세, 차라리 이렇게 잠에서 깨 있을 바에야 자네의 노래라도 좀 즐기게 해 주게. 그러고 보니 저번에 아폴론이 신들께 노래를 불러 드릴 때마다 드신다는 특별한 술을 올림포스에서 좀 받아 왔는데, 이리 와서 한 잔 마셔. 자네도 분명 아폴론님처럼 고운 노래를 부르게 될 거야."

어리석은 베짱이는 부엉이의 아첨에 넘어갔다. 그래서 곧장 부엉이의 둥지로 뛰어 올라갔다. 하지만 어두운 눈앞에 베짱이가 다가온 그 순간, 부엉이는 그를 잡아서는 꿀꺽 삼켜 버렸다.

✎

아첨은 진정한 존경이 아니다.

아첨 때문에 적 앞에서 흐트러지지 마라.

26
생쥐와 코끼리

생쥐 한 마리가 왕의 공도(公道)를 따라 걷고 있었다. 이 생쥐는 다른 생쥐들처럼 몸집도 작고 평판도 나빴지만 자존심만은 유별나게 강했다. 그렇게 생쥐가 진흙탕을 따라 길을 걷고 있는데, 길 저편에서 웅장한 행렬이 그에게 다가왔다. 왕의 행차였다.

왕은 아주 화려하게 장식한 하우더*를 맨 거대한 코끼리를 타고 있었다. 그의 개와 고양이도 함께 있었다. 그리고 그 뒤를 엄청난 수의 사람들이 따르고 있었다. 그들은 모두 왕의 코끼리에 정신이 팔려 생쥐는 쳐다보지도 않았다. 생쥐는 사람들의 태도에 자존심이 상해서 말했다.

"바보들 같으니라고! 나를 한 번만 보면 저 둔해 빠진 코끼리 따위는 잊게 될걸? 어마어마한 몸집 때문에 눈이 튀어나올 정도야? 아니면 저 주름진 가죽이 좋은 거야? 나도 코끼리처럼 눈과 귀가 달렸다고. 다리도 똑같이 네 개 달렸고 말이야. 그러니까 나도 코끼리만큼이나 굉장하고, 거기다가 나는……."

---

* 코끼리의 등에 사람이 탈 수 있도록 매어 둔 가마로 신분이 높은 사람이 타고 다니거나 사냥 및 전쟁 등에 이용되었다.

그러나 바로 그때, 왕의 고양이가 생쥐를 보았다. 생쥐는 그 순간, 자신이 코끼리보다 한참 떨어진다는 것을 깨달았다.

〰️

위대한 것과 약간 닮았다고 해서 정말로 위대한 것은 아니다.

27
개미들과 베짱이

늦가을의 어느 화창한 날, 개미 한 무리가 따뜻한 햇살을 받으며 여름에 모아 두었던 곡식을 말리고 있었다. 그때 베짱이 한 마리가 옆구리에 바이올린을 끼고 나타나서 먹을 것을 조금 달라고 구걸했다. 그모습에 개미들은 놀라며 말했다.

"말도 안 돼! 겨울에 먹을 것을 모아 두지 않았다고요? 지난여름에대체 무얼 했나요?"

그 말에 베짱이는 투덜거렸다.

"음식 부스러기 따위를 모아 둘 시간이 없었어요. 노래 부르고 노느라 바빴거든요. 그런데 정신을 차리고 보니 벌써 여름이 가 버렸네요."

개미들은 어이없다는 표정을 지으며 말했다.

"먹이 모을 틈도 없이 노래나 부르고 놀았다고요? 그럼 이제 춤을 출 차례네요!"

그러고는 베짱이를 무시하고서 일을 계속했다.

놀 때는 놀고 일할 때에는 일해야 한다.

28
아이들과 개구리들

어느 날 개구리들이 사는 연못가에 아이들 몇 명이 놀러왔다. 아이들은 연못에 돌을 던지고 물수제비뜨기도 하면서 재미있게 놀고 있었다. 하지만 빠르고도 묵직하게 날아가는 자갈을 보면서 불쌍한 개구리들은 두려움에 떨어야만 했다. 결국 가장 나이 많고 용감한 개구리 한 마리가 연못 밖으로 머리를 내밀고 말했다.

"얘들아, 제발 그 잔인한 놀이 좀 그만두렴! 너희들은 돌을 던지는 게 재미있겠지만, 우리는 그 돌에 맞으면 죽어요!"

자신의 즐거움 때문에 남이 불행해지지는 않았는지 항상 생각하라.

29
신상(神像) 옮기는 당나귀

당나귀 한 마리가 신상을 신전으로 옮기고 있었다. 당나귀는 목에 화환을 걸고 등에는 멋진 안장을 두르고 화려한 재갈을 물고 있었다. 그가 지나가는 거리마다 엄청난 수의 신관과 시동들이 그 뒤를 따랐고, 사람들은 신상을 볼 때마다 존경심에 그 발밑에 머리를 조아리거나 무릎을 꿇었다. 그것을 본 당나귀는 사람들이 자신에게 기도하고 있다는 착각을 했다.

당나귀는 자만과 허영심에 가득 차서는 길 한가운데 멈춰 서서 시끄럽게 울기 시작했다. 하지만 마부가 보기에는 그저 당나귀가 미친 것만 같았다. 결국 마부는 회초리로 당나귀를 사정없이 때리며 이렇게 말했다.

"빨리 걸어, 이 멍청한 당나귀 같으니라고. 이 사람들은 네가 짊어진 신상에 기도를 올리고 있는 거야. 네놈한테 기도하고 있는 게 아니란 말이다."

❧

다른 이에 대한 찬사를 가로채지 마라.

30
까마귀와 백조

모두 알다시피 까마귀는 석탄처럼 까만 깃털을 하고 있다. 그런데 어느 날, 이 까마귀가 백조의 눈처럼 새하얀 깃털을 탐내게 되었다. 그래서 매일 수영을 하고 물풀과 갈대를 먹기로 했다. 이렇게 하면 자신의 깃털도 백조처럼 하얘질 수 있을 거라는 생각을 한 것이다.

그래서 그는 숲 속의 집을 떠나 습지에 있는 연못으로 이사를 했다. 하지만 물에 빠져 죽기 직전까지 하루 종일 목욕을 해도 그의 깃털은 여전히 석탄처럼 검었다. 입에 맞지도 않는 물풀 때문에 배탈이 나 고생을 해도 마찬가지였다. 결국 이 까마귀는 하얀 깃털을 얻기는커녕 앙상하게 말라 죽고 말았다.

꿍

습관을 바꾼다고 본성까지 바뀌지는 않는다.

31
두 마리의 염소

험한 산비탈에서 각자 즐겁게 뛰놀던 염소 두 마리가 거센 바람이 불어닥치는 깊은 산골짜기를 사이에 두고 서로 마주쳤다. 두 염소 사이의 산골짜기에는 쓰러진 통나무 하나만이 다리처럼 놓여 있었다.

통나무는 폭이 너무 좁아 다람쥐 두 마리가 함께 건너기에도 위험해 보일 정도였다. 용감한 동물마저 그 위에 서면 두려움에 떨 것만 같았다. 하지만 이 자존심 강한 염소 두 마리는 달랐다. 건너편에 있는 녀석 때문에 길을 비켜 준다는 것은 상상조차 못하는 녀석들이었다.

곧 둘 중 한 녀석이 통나무에 발을 올려놓았다. 그러자 다른 녀석도 통나무에 발을 올렸고, 그렇게 둘은 통나무 한가운데에서 뿔을 맞대게 되었다. 하지만 둘 다 한 치도 양보하지 않았다. 결국 두 염소는 모두 아래로 떨어져 울부짖는 산바람에 휩쓸리고 말았다.

고집을 부리며 불행해지는 것보다 굴복하는 것이 낫다.

32
소금 자루를 진 당나귀

어떤 상인이 당나귀에게 무거운 소금 자루를 지운 채로 여울을 따라 강을 건너려고 했다. 이 둘은 전에도 여러 번 같은 강을 사고 없이 건너곤 했다. 그런데 이번에는 당나귀가 그만 도중에 발을 헛디뎌 강에 빠지고 말았다. 상인은 당나귀를 힘겹게 일으켜 세웠지만, 불행히도 소금 대부분이 녹아 없어졌다. 그러나 당나귀는 자신의 짐이 엄청나게 가벼워져 기분이 좋아져서는 즐겁게 여행을 마칠 수 있었다.

다음 날 상인은 다시 소금을 사러 갔고, 집에 오는 길에 당나귀는 일부러 강에서 다시 한 번 넘어졌다. 그러자 당나귀가 지고 있던 소금은 다시 강물에 녹아 버렸다. 화가 난 상인은 곧 당나귀가 무슨 꾀를 부리고 있는지를 알아차리고는 그를 해변으로 데려가 해면을 가득 채운 바구니 두 개를 당나귀의 등에 실었다. 여울을 건널 때가 되자 당나귀는 이번에도 일부러 발을 헛디뎠다. 하지만 당나귀가 다시 일어섰을 때 짐은 처음보다 열 배쯤 더 무거워져 있었고, 불쌍한 당나귀는 녹초가 되어서는 겨우 집에 도착했다.

∽

같은 방식이 언제나 통하는 것은 아니다.

33

로도스에서 멀리뛰기

낯선 땅을 여행하고 온 어떤 사람이, 자신이 지금까지 엄청난 모험을 겪으면서 이뤄 낸 공적에 대해 떠벌리고 있었다. 그가 로도스라는 도시에서 멀리뛰기를 했던 일도 그중 하나였다.

그는 로도스에서는 자신이 했던 것만큼 멀리뛰기를 했던 사람이 아무도 없었다고 말했다. 또한 로도스의 많은 사람이 그의 멀리뛰기를 보았으며, 그의 말이 사실임을 증명해 줄 것이라고도 덧붙였다.

그러자 그의 이야기를 듣던 사람들 중 하나가 이렇게 말했다.

"뭐하려고 굳이 로도스에서 사람을 불러와요. 여기가 로도스인 셈치고 당신이 멀리뛰기를 해 보면 되지, 뭐."

✍

과장된 말이 아니라 행실이 중요하다.

34
수탉과 보석

먹을 것을 찾아 바쁘게 땅을 훑던 수탉 한 마리가 그의 주인이 잃어버린 보석을 찾았다. 수탉은 그것을 보고 말했다.

"우와! 정말 비싸 보이는 보석이네. 잃어버린 사람이 찾느라고 애좀 썼겠어. 하지만 나는 세상의 모든 보석보다 먹을 수 있는 보리 한 톨이 더 좋지."

귀한 것도 값을 매길 줄 모르는 이들에게는 아무런 가치가 없다.

35
멧돼지와 여우

멧돼지 한 마리가 나무 그루터기에 엄니를 갈고 있고 있었다. 그때 근처를 지나던 여우 한 마리가 우연히 그 모습을 보고는, 또 놀릴 거리를 하나 찾아냈다고 생각했다. 그래서 주변에 숨은 적을 두려워하는 척하기 시작했다. 하지만 멧돼지는 그를 본체만체하며 계속해서 엄니를 날카롭게 갈았다. 결국 여우는 멋쩍은 듯 웃으며 멧돼지에게 물었다.

"왜 그렇게까지 엄니를 갈고 있나요? 당장 위험에 처한 것 같지는 않은데 말입니다."

그의 말에 멧돼지가 대답했다.

"그건 그렇지요. 하지만 정말로 내가 위험에 처하게 된다면 엄니를 갈 시간 따위는 없을 겁니다. 이 무기를 곧바로 써야만 할 테니까요. 아니면 내가 당하고 말 겁니다."

전쟁 준비야말로 평화를 가장 확실하게 보장한다.

36
당나귀와 여우와 사자

어떤 당나귀와 여우가 친한 친구가 되었다. 둘은 언제나 함께 다녔다. 당나귀가 신선한 풀을 뜯을 때면 여우는 가까운 곳의 농장에 있던 닭을 잡아먹거나 목장에서 훔쳐 온 치즈를 먹곤 했다.

그러던 어느 날, 이 둘은 우연히 사자와 마주치게 되었다. 당연히 당나귀는 겁을 잔뜩 집어먹었다. 그러나 여우는 당나귀를 진정시키며 말했다.

"내가 사자님께 말해 볼게."

하지만 여우는 사자 앞에 당당히 나아가서는 당나귀가 듣지 못하게 목소리를 낮추고 이렇게 말했다.

"전하, 제가 꾀를 한 가지 냈습니다. 저를 살려만 주신다면 저쪽 깊은 구덩이에 어리석은 당나귀 녀석을 빠트려 전하께 바치겠습니다. 그러면 전하께서는 양껏 저 당나귀를 드십시오."

사자는 그 말을 듣고 여우의 계획에 찬성했다. 여우는 다시 당나귀에게로 가서, 이번에는 이렇게 말했다.

"사자한테 우리를 해치지 않겠다는 약속을 받아 냈어. 하지만 먼저 저쪽으로 가자. 내가 숨을 곳을 봐 두었거든."

그렇게 여우는 당나귀를 깊은 구덩이로 끌어들였다. 그리고 사자는 당나귀가 구덩이에 빠진 것을 보자마자 제일 먼저 배신자인 여우를 공격했다.

⁓

배신자가 기대해야 할 것은 또 다른 배신이다.

37
날짐승과 들짐승과 박쥐

날짐승과 들짐승들이 서로에게 전쟁을 선포했다. 서로 타협의 여지가 전혀 없었기에 이빨과 발톱으로 결판을 내게 된 것이다. 이 전쟁은 날짐승의 하나인 거위 무리가 들짐승인 여우들의 이빨을 견디다 못해 그 죄를 성토하면서 시작되었다는 말이 있었다.

하지만 들짐승들에게도 싸워야 할 이유는 충분했다. 날짐승인 독수리가 시도 때도 없이 들짐승인 집토끼를 낚아챘고, 마찬가지로 날짐승인 부엉이가 들짐승인 쥐를 잡아서 매일 포식을 했기 때문이었다.

어쨌거나 전쟁은 끔찍했다. 수없이 많은 집토끼와 쥐가 죽어 갔고, 거의 비슷한 수의 닭들과 거위들도 죽어 갔다. 그리고 전쟁이 한 번 끝날 때마다 승리한 쪽은 죽은 자들의 시체로 잔치를 열었다.

그때 박쥐들은 어느 쪽도 대놓고 편들지 않았다. 그들은 정치가처럼 약삭빨랐다. 그래서 날짐승들이 우세할 때는 자신들을 날짐승이라고 했다. 그러나 들짐승들이 우세해지면 그들은 곧장 들짐승 행세를 했다.

하지만 잔인했던 전쟁도 결국 끝이 났다. 곧 평화 회담이 열렸고, 들짐승과 날짐승들은 박쥐의 태도를 놓고 토론을 벌였다. 그러고는 박쥐의 행동을 용서하지 않기로 뜻을 모았고, 결국 박쥐들은 추방당

했다. 그래서 그 이후로 박쥐들은 어두운 감시탑과 폐허에 숨어 있다가 밤에만 밖을 날아다니게 된 것이다.

기만하는 자에게는 친구가 없다.

38
사자와 곰과 여우

거대한 곰이 길 잃은 아기 염소 한 마리를 덮치려고 했다. 그때 다른 곳에서 사자 한 마리도 그 아기 염소를 보고 달려왔다. 결국 곰과 사자는 염소를 두고 싸우다가 상처만 잔뜩 입은 채 지쳐 쓰러졌다.

바로 그 순간, 여우 한 마리가 나타나서는 아기 염소를 가로채더니 쏜살같이 도망쳤다. 사자와 곰은 그 광경에 몹시 화가 났지만 지쳐서 아무것도 할 수 없었다. 그들은 이렇게 말했다.

"이렇게 싸우느니 차라리 사이좋게 염소를 나눠 가질걸!"

～

수고를 한 자가 반드시 이익을 얻는 것은 아니다.

39
늑대와 어린 양

어느 날 아침, 길 잃은 어린 양이 숲 속 개울가에서 물을 마시고 있었다. 그런데 바로 그때, 늑대 한 마리도 개울가 위쪽에서 배고픔을 달래려고 사냥을 하고 있었다. 늑대는 곧바로 어린 양을 발견했다. 평소라면 아무 거리낌 없이 맛있는 먹이를 낚아챘을 늑대는 그날따라 망설여졌다. 너무나도 순수한 어린 양이 가여워 보였기 때문이다.

늑대는 어린 양을 잡아먹을 이유가 몇 가지 필요했다. 그래서 늑대는 일부러 거칠게 외쳤다.

"감히 내가 물을 마시는 개울을 진흙탕으로 만들다니! 내 너의 경솔함에 큰 벌을 내리리라!"

늑대의 말에 양은 겁에 질려 몸을 떨며 대답했다.

"늑대님, 제발 화를 푸세요! 늑대님은 개울 위쪽에 있고 저는 이 아래에서 물을 마시고 있었는데 어떻게 늑대님이 드실 물을 진흙탕으로 만들겠어요?"

그 말에 늑대는 더욱 사납게 대답했다.

"어쨌거나 흙탕물로 만들어 버렸잖아! 게다가 네가 작년에 이 몸에 관한 헛소문을 퍼뜨렸다는데!"

어린 양이 다시 대답했다.

"제가요? 저는 올해 태어났는데요?"

"네가 아니라면 네 형제들이 그랬겠지!"

"저는 형제도 없어요."

거기까지 말을 듣고서 늑대는 그르렁거렸다.

"뭐, 그렇다면 네 가족들 중 하나라고 해 두지. 어찌 되었든 간에, 아침밥이랑 말싸움이나 할 생각은 전혀 없다."

그러고는 곧장 불쌍한 어린 양을 붙잡아서는 숲 속 깊은 곳으로 끌고 가 버렸다.

꽁

폭군은 언제나 폭정을 저지르는 이유를 찾아낸다.

불공정한 자가 결백한 자의 변론을 들을 리 없다.

40
원숭이와 낙타

백수의 왕, 사자를 위해 큰 잔치가 열렸다. 그곳에서 원숭이가 함께 온 이들을 위해 춤을 추게 되었다. 그는 정말로 춤을 잘 추었고, 모든 동물이 그의 우아하고도 가벼운 몸놀림을 보며 기뻐했다.

하지만 낙타는 원숭이의 춤을 보면서 질투를 느꼈다. 그는 자기가 최소한 원숭이만큼은 춤을 출 수 있다고 자신했다. 그래서 그는 원숭이 주위에 모여 있는 동물들의 틈을 비집고 들어가 뒷다리를 들어 올리며 춤을 추기 시작했다. 그런데 낙타가 굳은 마디 박힌 다리를 들어 올리고 기다란 목을 휘두르며 춤을 추는 모습은 아주 우스웠다. 게다가 낙타가 발굽으로 사방을 휘젓고 다니는 바람에 동물들은 제대로 발붙이고 있기도 힘들었다.

결국 낙타는 제대로 사고를 치고 말았다. 그 큰 발굽으로 사자의 코 끝을 때릴 뻔한 것이다. 모여 있던 동물들은 화가 나서 함께 낙타를 붙잡아 사막으로 데려갔다. 그리고 잠시 후, 낙타의 혹과 갈비로 만든 음식을 사이좋게 나누어 먹었다.

자신보다 나은 이를 무리하게 흉내 내지 마라.

41
토끼들과 개구리들

　모두 아시다시피 토끼는 겁이 많은 동물로, 한 조각 그림자만 보아도 겁에 질려 숨곤 한다. 그러던 어느 날, 토끼들은 이렇게 비참하게 살 바에야 차라리 죽겠다고 다짐했다.

　하지만 어떻게 죽을지 논쟁을 벌이던 도중, 어디선가 이상한 소리가 들려왔다. 그들은 살던 우리를 향해 달리기 시작했고, 그러다 연못 하나를 지나쳤다. 그 연못가에 있는 갈대숲에는 개구리 한 무리가 앉아 있었다. 이 개구리들은 다가오는 토끼들을 보고 놀라서는 진흙탕으로 숨어들었다. 그 모습을 보고 토끼 한 마리가 이렇게 외쳤다.

　"이것 봐. 우리도 그리 끔찍한 신세는 아닌가 봐. 우리 같은 것들을 무서워하는 동물도 다 있으니 말이야!"

〜

아무리 스스로가 불행해 보인다 해도,
자신보다 더 불행한 사람이 항상 있기 마련이다.

42
바닷가의 여행자

여행자 두 명이 해변을 따라 걷다가, 바다 저 멀리에서 어떤 물체가 파도에 떠밀려 오는 것을 보았다. 여행자들 중 한 명이 그것을 보고 말했다.

"저길 보게. 멀고 먼 땅으로부터 화려한 보물을 실은 커다란 배가 저기 오는구먼!"

물체는 해변에 점점 더 가까이 다가왔다. 그것을 보고 다른 여행자가 말했다.

"아니, 보물을 실은 배가 아니구먼. 어부의 쪽배야. 그날 낚은 맛있는 물고기로 가득하군."

이제 그 물체는 해변에 다다랐다. 그것을 보고 두 여행자는 물체를 향해 달려갔다.

"난파선에서 떠내려 온 황금 궤짝일 거야!"

하지만 정작 파도에 떠밀려 온 것은 황금 궤짝이 아니라 물에 불은 통나무였다.

〜❧〜

헛된 희망에 빠져 현실에서 멀어지지 마라.

43
늑대와 사자

늑대 한 마리가 양 한 마리를 잡아서 자신의 굴로 돌아가고 있었다. 그런데 그때, 사자 한 마리가 핑계조차 대지 않고 늑대에게서 양을 빼앗아 갔다. 늑대는 일단 사자에게서 도망쳤지만 역시나 마음이 상해 이렇게 말했다.

"너무하십니다! 제 것을 그렇게 마음대로 빼앗아 가시다니요!"

그의 말에 사자는 늑대 쪽을 돌아보았지만 벌써 너무 멀리 도망가 버린 늑대를 혼내 줄 수가 없었다. 대신 사자는 이렇게 말했다.

"네 것이라고? 이 양을 돈을 주고 사기라도 한 모양이지? 아니면 양치기한테 선물 받기라도 한 건가. 대답 좀 해 봐. 이 양을 어떻게 얻은 건지."

❧

사악하게 얻은 것은 사악하게 잃는 법이다.

44
자신의 모습을 감상하던 수사슴

수사슴 한 마리가 수정처럼 맑은 샘물을 마시다가 수면에 비친 자신의 모습을 보았다. 우아한 곡선을 뽐내는 뿔은 참으로 보기 좋았지만 말라비틀어진 다리는 참으로 볼품없어 보였다. 이것을 본 수사슴은 한숨을 쉬었다.

"젠장, 이렇게 멋진 왕관을 썼는데 다리가 고작 이 모양이라니. 난 분명히 저주를 받은 걸 거야."

그 순간 수사슴은 표범 냄새를 맡았다. 그는 바로 숲 속으로 도망치기 시작했다. 그런데 그만, 위풍당당한 뿔이 나뭇가지에 걸리는 바람에 표범에게 붙잡히고 말았다. 그제야 수사슴은 머리에 달린 이 쓸모없는 장식만 아니었다면, 그가 그리도 부끄러워하던 말라비틀어진 다리로 이 위험을 피했을지도 모른다는 것을 깨달았다.

사람들은 예쁜 겉모습에만 홀려 진짜 쓸모 있는 것을 잊곤 한다.

45
여우와 두루미

어느 날 여우 한 마리가 너무 심심한 나머지 두루미에게 장난을 치기로 마음먹었다. 여우는 항상 두루미의 이상한 생김새를 놀리곤 했다. 그래서 여우는 두루미를 찾아가서는 무슨 장난을 칠지 생각하며 속으로는 웃으면서 이렇게 말했다.

"오늘 우리 집에 찾아와 저녁이나 함께 들지 않겠나?"

두루미는 기꺼이 여우의 초대를 받아들였다. 그래서 몹시 허기진 채로 그의 집에 때맞춰 도착했다. 그런 두루미에게 여우는 아주 얕은 접시에 담긴 수프를 내주었다. 두루미는 아무리 애를 써도 수프를 먹을 수 없었다. 자신의 부리 끝에 수프 약간을 묻힐 수 있을 뿐, 마시거나 하는 것은 꿈도 꿀 수 없었다. 그런데 여우는 자기 몫의 수프를 접시 바닥까지 핥아먹고는 맛있다는 얼굴을 했다.

그 모습을 본 두루미는 크게 실망했고, 안 그래도 배가 고픈데 여우의 장난에 짜증까지 났다. 하지만 침착한 성격의 두루미는 아무리 화를 내 봐야 소용

없다는 것을 잘 알고 있었다. 그래서 식
사가 끝나자마자 두루미는 답례
를 하고 싶다면서 여우를 자신
의 집으로 초대했다. 당연히 여
우는 약속한 시간에 두루미의
집을 찾아갔다. 두루미는 그에게
맛있는 냄새를 솔솔 풍기는 물고기

요리를 길고 주둥이가 좁은 병에 담아서 내놓았다. 두루미는 기다란
부리를 병에 넣고 요리를 맛있게 먹었다. 하지만 여우는 병의 겉면에
묻은 국물만 조금 핥아 먹고 향기로운 냄새를 맡을 수 있을 뿐, 요리
를 먹거나 하는 것은 꿈도 꿀 수 없었다. 결국 여우는 크게 화를 냈다.
하지만 두루미는 때를 놓치지 않고 침착하게 말했다.

"자기가 놀림감이 되기 싫다면 남에게도 장난치지 말아요."

꾀를 부리는 자는 언제나 그 대가를 치르게 된다.

46
공작

들리는 말에 의하면, 공작이 그리도 자랑스러워하는 아름다운 깃털은 처음부터 그의 것은 아니었다고 한다. 공작을 아끼던 헤라 여신이 그의 애원에 못 이겨 다른 새들과 구분할 수 있도록 특별한 깃털을 달아 준 것이었다. 그 덕분에 에메랄드빛과 금빛과 보라색과 푸른색으로 빛나는 깃털 장식을 달고 다른 새들을 헤치며 거들먹거릴 수 있었다. 모든 새는 질투 어린 눈으로 그를 보았다. 가장 아름다운 수꿩들조차 공작이 자기들보다 아름답다고 인정하지 않을 수 없었다.

그러다 공작은 독수리 한 마리가 푸른 하늘 저 높은 곳으로 솟아오르는 것을 보았다. 공작도 언제나 그래왔던 것처럼 날아오를 채비를 했고, 땅에서 멀어지기 위해 날갯짓을 하기 시작했다. 하지만 그의 멋진 깃털 장식은 너무 무거웠다. 하늘로 날아올라 아침 햇살을 맞거나 구름 사이로 저물어 가는 장밋빛 석양을 반기는 대신, 이제 공작은 농장에 갇힌 날짐승들보다도 더 큰 짐을 진 채 땅을 디뎌야만 했다.

허영과 남의 이목 때문에 자유를 희생시키지 마라.

47
생쥐와 황소

황소 한 마리가 자기 코를 깨문 생쥐를 찾고 있었다. 하지만 생쥐는 벌써 재빨리 벽에 난 구멍에 숨어 버린 뒤였다. 화가 머리끝까지 난 황소는 온 힘을 다해 벽을 들이받고 또 들이받다 제풀에 지쳐서는 땅에 주저앉고 말았다. 구멍 속에 숨어 있던 생쥐는 다시 밖으로 나와서 또 황소를 깨물었다. 화가 난 황소는 자리에서 일어났지만 생쥐는 또 쥐구멍으로 들어가 버렸다.

황소는 이제 참을 수 없을 정도로 화가 났지만 그럼에도 할 수 있는 것은 아무것도 없었다. 화가 치밀어 씩씩대는 황소에게 생쥐가 벽 안쪽에서 새된 목소리로 말했다.

"너처럼 덩치 큰 녀석들이라도 언제나 멋대로 할 수 있는 건 아냐. 때로는 작은 고추가 매운 법이라고."

언제나 강한 자들만 이기는 것은 아니다.

48
늑대와 말라깽이 개

어느 저녁나절, 늑대 한 마리가 마을 근처를 어슬렁거리다가 말라깽이 개 한 마리를 만났다. 평소였다면 냄새도 맡지 않았을 정도로 말라비틀어진 먹잇감이었지만 그날따라 유달리 굶주림에 시달렸던 늑대는 말라빠진 개에게 다가갔다. 말라빠진 개는 주춤거리며 뒤로 물러났다. 그러면서 늑대의 이빨 가는 소리에 벌벌 떨며 입을 열었다.

"나리, 지금 저를 드시면 많이 불쾌하실 겁니다. 제 갈빗대를 좀 보세요. 가죽과 뼈밖에 남지 않았잖습니까. 그래서 긴히 부탁드릴 것이 있습니다. 며칠 후면 제 주인이 하나뿐인 딸을 위해 혼인 잔치를 연답니다. 그러면 저도 잔칫상에서 떨어지는 부스러기를 먹고 살지겠지요. 그때 저를 드세요."

늑대는 말라빠진 개의 말에 살지고 맛 좋은 개를 잡아먹으면 참 좋겠다고 생각했다. 그래서 주린 배를 부여잡고는 개를 잡아먹으러 돌아오겠다는 말을 남기고 그 자리를 떠났다.

며칠 뒤, 늑대는 약속대로 개를 잡아먹기 위해 돌아왔다. 그는 주인의 뒤뜰에 있던 개에게 이리 나와서 잡아먹힐 준비를 하라고 말했다. 그의 말에 개는 웃으며 대답했다.

"나리, 잘 알겠습니다. 문지기가 문을 여는 대로 나가겠습니다."

그런데 이 '문지기'는 바로 늑대 여럿을 괴롭힌 적이 있는 큰 개였다. 늑대 자신도 그에게 호되게 당했던 적이 있었다. 결국 그는 기다리기는커녕 걸음아 날 살려라 도망갈 수밖에 없었다.

⤳

그대를 속이려는 자의 약속에 기대지 마라.

얻을 수 있는 것을 얻을 수 있을 때 얻어라.

49

주인의 저녁 식사 도시락을 나르던 개

어떤 개 한 마리가 매일 저녁 그의 주인에게 식사를 가져가는 법을 배웠다. 이 개는 물고 있는 도시락 안의 맛있는 음식 냄새 때문에 가끔 흔들리기는 했지만 충실하게 임무를 수행했다.

그러던 중 같은 동네에 살던 개들이 그가 도시락을 문 모습을 보게 되었다. 그리고 그 안에 맛있는 음식이 들어 있다는 것도 알게 되었다. 그들은 몇 번이고 도시락 안의 음식을 훔치려고 했지만 도시락을 나르던 개는 충성스럽게 주인의 저녁 식사를 지켜 냈다.

그러던 어느 날, 평소처럼 도시락을 문 개가 길을 가는데 동네 개들이 모두 나와 그의 앞을 가로막았다. 도시락을 문 개는 도망치려 했지만 별 소용이 없었다. 결국 그는 동네 개들과 말다툼을 시작했고, 동네 개들은 도시락을 문 개를 설득하는 데 성공했다. 그는 주인의 도시락을 떨어트려 그 안에서 커다란 고기 덩어리를 꺼내고는 이렇게 말했다.

"알았어. 이건 내 거야. 나머지는 알아서 나눠 먹으라고."

❦

언제나 유혹과 싸우라.

50
새끼 사슴과 암사슴

암사슴이 튼튼하게 잘 자란 새끼 사슴에게 말했다.

"아들, 너는 튼튼한 몸에 단단한 뿔 한 쌍까지 타고났어요. 그런데 왜 그깟 개들을 보면 지레 겁을 먹고 달아나는 건지 도통 모르겠구나."

그런데 그 순간, 저 멀리에서 한 무리의 사냥개가 울부짖는 소리가 들렸다. 그 소리에 암사슴은 재빠르게 도망가며 이렇게 말했다.

"아들, 여기서 기다리렴. 내 걱정은 하지 말고!"

말만 잘한다고 없던 용기가 생기는 것은 아니다.

51
허영심 많은 갈까마귀

갈까마귀 한 마리가 왕궁의 후원 위를 날아가다가 한 무리의 공작들이 멋들어진 깃털을 뽐내고 있는 것을 보고 놀랐다. 갈까마귀는 원래 잘생기지도, 예의가 바르지도 않은 새였다. 하지만 그들처럼 꾸밀 수만 있다면 자신도 공작들의 사교계에 낄 수 있을 것만 같았다.

그래서 그는 떨어진 공작 깃털 몇 개를 주워서 자기의 까만 깃털 사이에 끼우고서 친구들에게 그 모습을 마음껏 뽐냈다. 그러고는 왕궁의 후원으로 날아가서 공작들 사이에 섰다. 하지만 공작들은 금방 갈까마귀를 알아보았다. 그들은 속았다는 사실에 분통이 터진 나머지 그의 몸에서 공작의 깃털은 물론이고 갈까마귀의 깃털까지 전부 뽑아 버렸다.

불쌍한 갈까마귀는 풀이 죽어 친구들에게로 돌아갔다. 그러나 거기서도 갈까마귀는 다시 험한 꼴을 당해야 했다. 그의 친구들은 갈까마귀가 거들먹거리던 모습을 잊지 않고 있었다. 그래서 허영심 많은 갈까마귀는 무리에서 쫓겨나고 말았다.

⌇

빌린 깃털을 붙인다고 아름다운 새가 되지는 않는다.

52
원숭이와 돌고래

　예전에 아테네로 가던 그리스의 선박 하나가 아테네의 항구 피레우스 근처에서 좌초된 적이 있었다. 당시에 인간과, 특히 아테네인들과 매우 친했던 돌고래들이 아니었다면 탑승자들은 모두 죽었을지도 모른다는 말까지 있었다. 어쨌거나 그때 돌고래들은 조난당한 사람들을 자신들의 등에 태워서 해변으로 데려다 주었다.

　그런데 당시 그리스 사람들 사이에는 여행을 갈 때 자신들이 기르던 원숭이와 개를 데려가는 유행이 있었는데, 그때 사람들을 구하던

돌고래 중 한 마리가 물속에서 허우적거리는 원숭이를 사람으로 착각하고 말았다. 그래서 돌고래는 그 원숭이도 사람처럼 등에 태우고는 해안으로 향하기 시작했다. 구조된 원숭이는 점잔을 떨며 돌고래의 등 위에 앉았고, 돌고래는 원숭이에게 예의 바르게 물어보았다.

"저 빛나는 아테네에서 오신 분이시죠?"

원숭이는 거만하게 대답했다.

"그렇소이다. 우리 집안은 아테네에서도 가장 고귀한 집안이지."

돌고래는 다시 대답했다.

"그렇군요. 그럼 피레우스 항(港)에도 자주 가시겠네요."

"그럼, 그럼. 가고말고. 피레우스 씨의 집에도 자주 들른다오. 가장 친한 친구거든."

원숭이의 이상한 대답에 돌고래는 놀라서 뒤를 돌아보았다. 그리고 자신이 원숭이 한 마리를 데려가고 있었다는 것을 알았다. 돌고래는 아무 거리낌 없이 원숭이를 물속에 버리고서 다른 인간을 구하려고 떠났다.

하나의 거짓말은 다른 거짓말로 이어진다.

53
늑대와 당나귀

당나귀 한 마리가 숲 근처의 초원에서 풀을 뜯다가 늑대 한 마리가 덤불숲 그림자에 숨어 있는 것을 보았다. 당나귀는 곧 늑대의 의도를 알아차리고는 위험에서 벗어날 꾀를 하나 생각해 냈다. 그러고는 아프다는 듯 다리를 절룩거리는 시늉을 했다.

곧 숨어 있던 늑대가 당나귀에게 다가와 왜 다리를 절뚝이느냐고 물었다. 당나귀는 날카로운 가시에 찔렸다며, 고통스럽다는 듯 신음하면서 늑대에게 말했다.

"제발 발에 박힌 가시 좀 뽑아 주세요. 안 그러면 저를 잡아먹을 때 가시가 늑대 님 목에 걸릴지도 모르잖아요."

늑대는 당나귀의 말이 그럴듯하다고 생각했다. 자신도 먹이를 먹다가 숨이 막히기는 싫었다. 그래서 늑대는 당나귀의 아프다는 발에 코를 박고 가시가 어디에 박혀 있는지 찬찬히 살펴보기 시작했다.

바로 그때, 당나귀는 늑대의 얼굴을 있는 힘껏 걷어찼다. 늑대는 그 서슬에 저 멀리로 나가떨어졌다. 그리고 늑대가 아픈 얼굴을 움켜쥐고 일어나는 동안, 당나귀는 저 멀리 안전한 곳으로 달아나 가 버렸다. 그 모습을 지켜보던 늑대는 수풀 속으로 숨어들면서 이렇게 으르렁거렸다.

"어쩌면 당연한 건지도 모르겠어. 젠장, 난 의사가 아니라 도살자란 말이야."

～

자신의 직분을 잊지 마라.

54
원숭이와 고양이

옛날 옛적에 고양이와 원숭이가 한 집에서 반려동물로 살고 있었다. 둘은 죽이 잘 맞아서 함께 별의별 장난을 치면서 집 안을 돌아다녔다. 장난을 치지 않을 때에는 수단과 방법을 가리지 않고 먹을 것을 찾아다녔다.

그러던 어느 날, 고양이와 원숭이는 함께 불을 쬐다가 난로 안에서 밤이 익어 가는 것을 보았다. 문제는 밤을 불 속에서 꺼내는 방법이었다. 그래서 꾀 많은 원숭이가 말했다.

"할 수만 있다면 내가 꺼내고 싶네. 하지만 네가 나보다 훨씬 잽싸잖아. 그러니까 네가 저 난로 안의 밤을 꺼내 줘. 그러면 내가 서로의 몫을 나눌게."

그 말을 듣고 고양이는 앞발을 조심스럽게 내밀어 잿더미를 조금 밀어내고는 잽싸게 발을 뺐다. 그러고는 또다시 발을 집어넣어 밤 한 개를 불에서 반쯤 빼냈다. 그리고 다시 한 번 발을 집어넣어 밤을 완전히 불 속에서 빼냈다. 하지만 매번 고양이가 발을 데어 가면서 밤을 한 개씩 꺼낼 때마다 원숭이는 꺼낸 밤을 죄다 먹어 치워 버렸다.

그러다가 주인이 난롯가로 다가오자, 장난꾸러기 원숭이와 고양이는 그 자리에서 도망쳤다. 하지만 고양이는 발만 데고 밤은 구경조차 하지 못했다. 들리는 말에 의하면, 바로 그때부터 고양이가 원숭이 대신 생쥐를 가지고 노는 것으로 만족하게 되었다고 한다.

아첨꾼은 당신으로부터 이익을 얻고자 한다.

55
개의 무리와 여우

개 몇 마리가 사자의 가죽을 발견하고는 이빨로 물어뜯었다. 그 광
경을 보고 여우는 개들을 비웃었다.

"그 사자가 살아 있으면 어쩔 뻔했어. 아마 너희들의 것보다 훨씬
더 날카로운 이빨과 발톱에 혼쭐이 나고 있었을걸?"

❧

세력 잃은 자를 괴롭히는 것은 쉽지만 야비한 짓이다.

56
개와 가죽

배고픈 개들이 개울 밑바닥에서 무두장이가 물에 불리려고 담가 둔 가죽 몇 장을 보았다. 좋은 가죽은 개들에게 맛있는 먹을거리였다. 하지만 개울이 너무 깊어서 개울가에서는 가죽을 쉽게 건질 수가 없었다.

그들은 의논한 끝에 개울물을 전부 마셔 없애기로 했다. 그래서 개들은 모두 무릎을 꿇고는 개울물을 벌컥벌컥 들이키기 시작했다. 하지만 개들이 배가 터지도록 물을 마시고 또 마셔도, 흐르는 개울물은 전혀 줄어들지 않았다.

불가능한 것은 시도하지 마라.

57
토끼와 족제비와 고양이

어느 날 토끼가 클로버 만찬을 즐기려고 집을 나섰다. 그런데 그만, 대문에 빗장을 걸어 두는 것을 잊고 말았다. 그 틈을 타 족제비 한 마리가 토끼의 집에 들어가서 제 집인 양 자리를 잡았다. 아무것도 모른 채 저녁을 즐기고서 집으로 돌아온 토끼는 빌름대는 족제비의 코가 자기 집 문간에 튀어나와 있는 것을 보고는 화가 난 나머지 족제비에게 당장 나가라고 했다. 하지만 그는 눈 하나 깜짝하지 않았고, 오히려 더욱 편안히 자리에 누워 버렸다.

그때, 둘의 말다툼을 보고 있던 늙고 약삭빠른 고양이가 둘을 화해시키겠다고 나서며 이렇게 말했다.

"이리 가까이들 오게나. 이 늙은이가 귀가 멀어서 말이지. 내 귀에 대고 큰 소리로 전후 사정을 좀 말해 주게나."

그의 말대로 토끼와 족제비는 고양이에게 바짝 다가갔다. 그리고 그 순간, 늙은 고양이는 둘을 날카로운 발톱으로 찍어 눌렀다. 전후 사정이야 어찌됐든 토끼와 족제비의 말싸움은 그렇게 끝났다.

힘센 자는 의문을 자신에게 유리한 쪽으로 해결한다.

58
곰과 벌 떼

나무 열매를 찾아 숲 속을 헤매던 곰 한 마리가 고목 한 그루를 발견했다. 나무의 빈 속에는 벌들이 둥지를 틀고 꿀을 저장해 두었다. 곰은 그것을 보고 벌들이 집에 돌아왔는지 조심스럽게 살펴보았다. 바로 그때, 벌 떼 중 일부가 클로버 밭에서 채집한 꿀을 가지고 집으로 돌아왔다. 그러고는 나무를 살피는 곰을 발견했다. 벌들은 곰이 꿀을 훔치려는 것을 알고 그를 날카로운 독침으로 쏘았다. 그리고 빈 고목 안의 둥지로 사라졌다.

벌에 쏘인 순간 화가 머리끝까지 난 곰은 둥지를 부수려고 이빨과 발톱으로 고목을 내리치기 시작했다. 하지만 그 때문에 둥지에 살던 벌들이 전부 쏟아져 나왔다. 결국 불쌍한 곰은 벌 떼에 쫓겨 헐레벌떡 물속으로 뛰어들었다.

한 번 입은 상처는 침묵 속에서 다스려라.
분노는 수천 개의 상처만을 더할 뿐이다.

59
왜가리

어느 날 아침, 왜가리 한 마리가 강가를 살금살금 걷고 있었다. 눈은 깨끗한 물속을 뚫어져라 바라보면서 언제라도 뾰족한 부리로 아침 식사가 될 만한 물고기를 잡아 올릴 준비를 하고 있었다. 그는 제법 까다롭게 먹잇감을 골랐다. 깨끗한 강에는 물고기가 넘쳐 났지만, 그는 이렇게 말할 뿐이었다.

"새끼 물고기는 안 돼. 그렇게 살도 없는 놈들로는 간에 기별도 안 간다고."

그때 살지고 어린 농어가 다가오는 것을 본 왜가리가 말했다.

"저놈도 안 되겠어. 저런 걸 잡자고 부리를 벌릴 필요는 없지!"

하지만 해가 점점 떠오르자 물고기들은 강가의 얕은 물을 떠나 좀 더 시원한 강 밑바닥으로 헤엄쳐 내려갔다. 왜가리의 눈에 띄는 물고기도 더 이상 없었다. 결국 왜가리는 조그만 달팽이 한 마리로 아침 식사를 때워야만 했다.

너무 까다롭게 목적에 맞추려 하지 마라.

최악의 결과에 만족하거나, 아예 아무것도 얻지 못할 것이다.

60
여우와 표범

여우와 표범이 푸짐한 저녁을 먹고 느긋하게 쉬다가 자기네들의 잘생긴 외모를 두고 말싸움을 시작했다. 자신의 윤기 있는 점박이 털을 매우 자랑스러워하던 표범은 여우가 너무 평범하게 생겼다고 쏘아붙였다.

여우는 사실 풍성하면서도 끝은 새하얀 자신의 꼬리를 자랑스러워했다. 하지만 동시에, 자기가 외양으로는 표범을 이길 수 없다는 것도 잘 알고 있었다. 그래도 여우는 말싸움을 계속했다. 자신의 기지를 더욱 날카롭게 갈고 닦기 위해서이기도 했지만, 말싸움 자체도 즐거웠기 때문이다. 보아하니 표범은 슬슬 약이 오르는 것 같은 눈치였다. 그래서 여우는 늘어지게 하품을 하고는 자리에서 일어났다. 그러고는 이렇게 말했다.

"사실 자네의 털이 엄청나게 멋있기는 하지. 하지만 몸매 대신 머리에 조금만 더 신경을 쓰면 자네는 훨씬 더 멋있어질 거야. 난 그게 진정한 아름다움이라고 생각한다네."

∽

외모가 멋지다고 정신까지 멋진 것은 아니다.

61
수탉과 여우

　어느 맑은 저녁, 늙고 현명한 수탉 한 마리가 저물어 가는 태양을 보며 노래를 부르려고 나무 위로 올라갔다. 그는 잠들기 전에 세 번 날개를 퍼덕이고 나서 큰 소리로 울었다. 하지만 날개로 머리를 가리고 잠들려는 순간, 빨간 털과 길고 뾰족한 코가 그의 작고 동글동글한 눈에 띄었다. 바로 여우였다. 여우는 수탉이 있는 나무 밑으로 다가와 즐겁다는 듯 흥분해서 말했다.

　"좋은 소식이 있습니다!"

　수탉은 여우가 아주 무서웠지만 마음을 침착하게 다스리고서 물었다.

　"무슨 소식 말이우?"

　그러자 여우가 대답했다.

　"닭과 여우를 비롯해서 모든 동물이 지금부터 영원히 서로의 다름을 잊고 더 이상 다투지 않기로 했다. 평화와 우정의 시대라니, 한번 상상해 보세요! 저도 당장 당신과 포옹을 나누고 싶군요. 친애하는 수탉 씨, 이리 내려와서 이 기쁜 순간을 함께 나눕시다."

　그 말을 듣고 수탉은 대답했다.

　"굉장하구먼. 아주 기쁜 소식이야."

　하지만 그러면서도 수탉은 깨금발을 짚으며 저 멀리에 있는 무언

가를 보는 척했다.

여우는 살짝 초조해져서 물었다.

"왜 그러십니까? 뭐가 보이나요?"

수탉은 대답했다.

"이런, 저기 두 마리의 개가 이쪽으로 오는구먼. 그들도 이 기쁜 소식을 들은 모양이야."

그 말을 듣자마자 여우는 꽁무니가 빠지도록 달리기 시작했고, 그 모습을 본 수탉이 말했다.

"거 참, 기다리게. 어딜 그리 급히 가는가? 이젠 개들도 자네의 친구 아닌가!"

여우는 대답했다.

"그렇긴 하지만 아직 그 소식을 듣지 못한 개들일지도 모르잖아요. 게다가 저도 아주 중요한 약속이 있어서요. 깜빡 잊을 뻔했네요!"

그날 밤 수탉은 따스한 깃털 속에 머리를 파묻으며 미소 지었다. 왜냐하면 꾀가 많은 적을 이겼기 때문이었다.

꾀 많은 자는 쉽게 속는다.

62

늑대와 염소

몹시 굶주린 늑대 한 마리가 가파른 절벽 꼭대기에서 풀을 뜯고 있는 염소를 발견했다. 절벽이 너무 높은 탓에 늑대는 아무리 애를 써도 염소를 잡을 수 없었다. 그래서 늑대는 염소의 안위를 걱정하는 척하며 이렇게 외쳤다.

"거기에 있으면 위험하잖아? 떨어지면 어쩌려고 그래! 내 말 듣고 얼른 내려와. 여기, 세상에서 가장 부드럽고 좋은 풀이 널려 있어."

그러자 염소는 절벽 끝에서 늑대를 내려다보며 말했다.

"날 그렇게까지 걱정해 주다니. 거기에 내가 먹는 풀까지 걱정하다니! 친절도 하셔라. 하지만 난 당신을 잘 알아. 당신이 진짜 걱정하는 건 내가 아니라 당신의 배고픔이잖아!"

～

이기심에서 나온 호의는 받아들이지 마라.

63
당나귀와 베짱이들

어느 날 당나귀 한 마리가 들판을 산책하던 중 한구석에서 베짱이 몇 마리가 즐겁게 노래 부르는 것을 보았다. 그는 베짱이들의 즐거운 노래에 크게 감동받았고, 자신도 그들처럼 노래를 부르고 싶다고 생각했다. 그래서 당나귀는 메뚜기들에게 예의 바르게 물었다.

"도대체 어떻게 하면 그렇게 아름다운 목소리를 낼 수 있지? 훌륭한 노래를 위해 특별한 먹이라도 먹는 거야? 아니면 신들이 내리신 넥타르*라도 마신 거야?"

당나귀의 말에, 농담하기를 아주 좋아하는 베짱이들이 대답했다.

"이슬을 마시면 돼요! 한 번 마셔 보면 당신도 우리처럼 노래를 부를 수 있을걸요."

그 이후로 당나귀는 먹이도 먹지 않고 이슬만 마시면서 살기 시작했다. 그렇게 해서, 멍청한 당나귀는 굶어 죽고 말았다.

◈

자연의 법칙은 바꿀 수 없다.

---

* 그리스 신화에 나오는 신(神)들의 음료.

64
여우와 염소

여우 한 마리가 그리 깊지 않은 우물에 빠졌다. 하지만 여우는 벽을 타고 올라갈 수 없었다. 한참 뒤 이번에는 여우가 빠진 우물에 목마른 염소 한 마리가 다가왔다. 염소는 여우가 물을 마시려고 우물에 뛰어들었다고 생각했다. 그래서 여우에게 물맛이 좋은지를 물어보았고, 거기에 꾀 많은 여우는 이렇게 대답했다.

"이 동네에서 가장 맛있는 물이야. 내려와서 한 모금만 마셔 봐. 우리 둘이서 아무리 마셔도 물이 남을 것 같아."

그 말을 듣고서 목마른 염소는 우물에 뛰어들어 물을 마시기 시작했다. 그 틈을 타 여우는 재빨리 염소의 등을 타고 뿔을 밟으면서 우물 밖으로 뛰어올랐다. 그제야 멍청한 염소는 상황을 파악하고는 여우에게 자기도 내보내 달라고 통사정했다. 하지만 여우는 이미 숲으로 달아나고 있었다. 그러면서 염소에게 이런 말을 남겼다.

"친구, 자네가 그 턱수염만큼이라도 상식이 있었으면 우물에 빠지기 전에 빠져나올 방법부터 생각했어야지."

앞서 나가기 전에 주변을 잘 살펴보라.

65
고양이와 수탉과 어린 생쥐

세상 구경은 전혀 해 본 적 없는 어린 생쥐가 난생처음 세상 구경을 하러 나갔다가 울면서 들어왔다. 그러고는 제 어미에게 무용담을 늘어놓았다.

"처음에는 한가하게 산책을 하고 있었어요. 그런데 모퉁이를 돌아서 건너 밭으로 가다가 이상한 동물 두 마리를 봤어요. 한 마리는 친절하고 우아해 보였어요. 그런데 다른 한 마리는 너무너무 무서운 괴물 같았어요. 엄마도 그 괴물을 보셨어야 했는데. 그 괴물의 머리랑 목 앞쪽에 피처럼 빨간 살덩어리가 매달려 있었거든요. 게다가 그 괴물은 쉴 틈도 없이 여기저기를 돌아다니면서 발가락으로 땅을 후비고 팔을 거칠게 여러 번 퍼덕였어요. 그러다 저를 보더니 잡아먹을 것처럼 뻐죽한 입을 벌리고는 귀가 떨어질 정도로 크게 울부짖었어요. 정말 그 소리에 놀라 죽는 줄 알았다니까요."

이쯤에서 독자들은 어린 생쥐가 제 어미에게 묘사한 생물이 무엇인지 아시겠습니까? 바로 농장에서 기르는 수탉이었다. 어린 생쥐는 난생처음으로 수탉을 보았던 것이다. 어쨌든 간에 어린 생쥐는 이야기를 계속했다.

"그 끔찍한 괴물만 아니었으면 착하고 예의 바르게 생긴 예쁜 동물이랑 친구가 되었을 거예요. 부드러운 털이 잔뜩 나 있고, 온순한 얼굴에, 단정한 차림새를 한 동물이었어요. 눈이 이상하게 밝게 빛나긴 했지만요. 하지만 저를 보고서는 웃으면서 가느다란 꼬리를 흔들며 인사도 해 줬다니까요. 어쩌면 그 생물은 저한테 말을 걸어 줬을지도 몰라요. 아까 말한 끔찍한 괴물이 크게 소리를 질러서 제가 도망치지만 않았으면 말이죠."

어린 생쥐의 말을 듣고 어미가 말했다.

"아가, 네가 보았다는 그 예의 바르게 생긴 동물이 바로 고양이라는 녀석이란다. 친절해 보이는 겉모습 뒤로 우리에 대한 원한을 감추고 있는 녀석이지. 네가 본 끔찍한 괴물은 너를 절대 해치지 않을 새라는 동물이지만, 고양이는 우리를 잡아먹어 버린단다. 그러니까 아가, 고양이를 만나고도 무사히 도망칠 수 있었던 걸 감사하려무나. 그리고 사람들을 겉모습만으로 평가하지 말고."

∽

겉모습에 속지 마라.

66
늑대와 양치기

어떤 늑대 한 마리가 오랫동안 양 떼 주위를 어슬렁거리고 있었다. 양치기는 조마조마해하며 양 떼를 지켰지만 늑대는 아무 짓도 하지 않았다. 오히려 양치기가 양 떼 돌보는 것을 도와주는 것처럼 보였다. 마침내 양치기는 늑대에게 친숙해져 늑대의 사악한 본성마저 잊고 말았다.

그러던 어느 날, 양치기는 늑대에게 양 떼를 맡긴 채 심부름을 하러 멀리 떠났다. 하지만 그가 돌아왔을 때, 늑대는 이미 많은 수의 양을 죽이거나 끌고 가 버린 후였다. 양치기는 늑대를 믿은 것을 아무리 후회해도 소용이 없었다.

✎

한 번 늑대는 영원한 늑대다.

67
공작과 두루미

어느 날 허영심에 가득 찬 공작 한 마리가 두루미와 마주쳤다. 공작은 두루미에게 자랑하기 위해 햇살 아래에서 자신의 멋진 꼬리 깃털을 펼쳐 보이며 말했다.

"이것 봐. 너는 이런 깃털 있어? 네 먼지처럼 희뿌연 깃털 대신 나는 이렇게 무지개처럼 화려한 깃털을 하고 있지!"

그 말을 듣고 두루미는 자신의 드넓은 날개를 펼치고 태양을 향해 날아오르며 말했다.

"따라올 수 있으면 따라와 봐."

하지만 두루미가 푸른 하늘 저 멀리로 자유롭게 날아가는 동안, 공작은 후원의 새들과 함께 멍하니 서 있을 수밖에 없었다.

장식보다는 쓸모 있는 것이 훨씬 중요한 가치를 지니고 있다.

68
농부와 두루미 떼

밭갈이하는 농부가 두루미 몇 마리의 눈에 띄었다. 두루미들은 농부가 밭을 갈고 씨를 뿌리는 것까지 진득하게 지켜보았다. 그들은 농부가 뿌린 씨로 잔치를 벌일 생각이었다. 그래서 농부가 씨뿌리기를 끝내자마자 두루미들은 밭으로 날아가서 씨앗을 재빨리 집어먹기 시작했다.

하지만 이전에도 새들에게 씨앗을 도둑맞은 적이 있어 농부는 두루미들의 속내를 알고 있었다.

그는 새총을 가지고 다시 밭으로 돌아왔지만 일단 돌은 가져오지 않았다. 새총을 휘두르고 소리치면 두루미들이 알아서 겁을 집어먹을 거라고 생각했다.

처음에 두루미들은 농부의 모습을 보고 겁에 질려 달아났다. 하지만 곧 아무도 다치지 않았다는 것을 알게 되었다. 돌멩이가 바람을 가르며 날아오는 소리는 들리지도 않았다. 욕설이 두루미들을 죽일 리는 더더욱 없었다. 결국 두루미들은 농부를 무시하고는 다시 밭으로 돌아갔다.

마침내 농부는 씨앗을 지키기 위해 다른 방법을 쓰기로 했다. 그래서 새총에 돌을 먹여 두루미 몇 마리를 죽인 것이다.

드디어 두루미들은 겁을 먹고 도망쳤고, 그 이후로도 농부의 밭에
더는 날아오지 않았다.

✿

악당에게 허풍과 욕설은 아무것도 아니다.

허풍이 무력함의 증거는 아니다.

69
여물통 속의 개

개 한 마리가 건초로 가득 찬 여물통 안에서 잠이 들었다. 그러다가 밭에서 막 일을 마치고 돌아와 피곤하고 배고픈 소들이 들어오는 소리를 듣고 잠에서 깨어났다. 하지만 개는 여물통에서 나가기는커녕 소들이 여물통 가까이에 올 때마다 으르렁거리며 쏘아붙였다. 마치 그 여물통에 가장 맛있는 고기와 뼈다귀가 가득 차 있기라도 한 듯이 말이다. 소들은 질렸다는 듯 개를 내려다보았다. 그중 한 소가 이렇게 말했다.

"진짜 너무하네! 건초도 못 먹는 개 주제에 건초에 굶주린 우리한테 뭐라고 해?"

그때 농부가 외양간으로 들어왔다. 그는 개가 여물통 속에서 으르 렁대는 것을 보자마자 막대를 집어 들고 이기적인 개를 마구 때려 외 양간 밖으로 쫓아내 버렸다.

스스로 즐길 수 없는 것 때문에 남에게 원한을 사지 마라.

70
농부와 아들들

부유하고 늙은 어떤 농부가 살날이 얼마 남지 않았음을 알고 아들들을 곁으로 불러 이렇게 말했다.

"아들들아, 지금부터 내 말을 잘 들어라. 어떤 일이 있어도 집안 대대로 내려온 이 땅에서 떠나지 말거라. 이 땅 어딘가에 값진 보물이 숨겨져 있거든. 정확한 위치는 나도 모른다. 하지만 그 땅에 묻혀 있는 것은 확실하다. 그러니 너희들이 찾아내거라. 너희들이 힘껏 저 땅을 샅샅이 갈아엎어 보물을 찾아보거라."

아버지는 이 말을 유언으로 남기고서 죽었다. 아들들은 아버지를 무덤에 모시자마자 삽을 들고 집안의 땅을 모조리 갈아엎었다. 아들들은 그리고 한 번도 모자라 두 번이고 세 번이고 농장 전체를 갈아엎었다. 금 한 조각 발견하지 못했지만 추수할 때가 되자, 자기 농장이 다른 어느 농장보다도 큰 수확을 거둔 것을 알았다. 그제야 아버지가 말했던 보물이 풍성한 곡식이었음을, 그리고 그 곡식을 키워 낸 자신들의 일이라는 것을 깨달았다.

༄

직업이란 그 자체로 보물이다.

71
두 그릇

놋쇠 그릇과 황토 그릇이 벽난로 위에 나란히 놓여 있었다. 그러던 어느 날, 놋쇠 그릇이 황토 그릇에게 함께 세상 구경을 하자고 제안했다. 하지만 황토 그릇은 이대로 불 가까이에 머물러 있는 것이 더 낫다며 거절했다. 그러고는 이렇게 말했다.

"나는 쉽게 깨져 버릴 거야. 내가 얼마나 약한지 잘 알잖아. 분명 조금만 흔들려도 산산조각이 나 버릴 거라고!"

황토 그릇의 말에 놋쇠 그릇이 말했다.

"그렇다고 집에만 있을 수는 없잖아. 내가 잘 돌봐 줄게. 네가 조금이라도 단단한 데 부딪힐 것 같으면 그사이에 끼어들어 널 구해 줄게."

마침내 황토 그릇은 마음을 돌렸다. 그래서 두 친구는 나란히 서서 짤막한 세 개의 다리를 이리저리 뻗으며, 중간중간 서로 부딪히기도 하면서 길을 나섰다. 하지만 역시 황토 그릇은 더 이상 여행을 계속할 수 없었다. 열 걸음도 채 가지 못해 금이 가고 말았다. 그리고 한 걸음을 더 디뎠을 때, 황토 그릇은 수천 조각으로 산산조각 나고 말았다.

❧

비슷한 수준의 친구가 최고의 친구이다.

72
황금 알을 낳는 거위

옛날 옛적에 어떤 촌뜨기가 살고 있었다. 그는 아주 훌륭한 거위를 가지고 있었는데, 이 거위는 매일 아름답게 빛나는 황금 알을 하나씩 낳았다. 촌뜨기는 황금 알을 시장에 내다 팔면서 곧 부자가 되었다. 하지만 얼마 지나지 않아 초조해지기 시작했다. 거위가 하루에 황금 알을 한 개밖에 낳지 않았기 때문이다. 이래서야 그는 더 빨리 부자가 될 수 없었다.

그래서 어느 날, 촌뜨기는 돈을 전부 세고 나서 생각했다.

'거위를 죽여 배를 가르면 그 속의 황금 알을 한꺼번에 꺼낼 수 있을 거야.'

하지만 그가 정말로 거위의 배를 갈랐을 때, 그 안에는 황금 알 비슷한 것도 없었다. 결국 그는 귀한 거위만 죽이고 말았다.

많은 것을 가진 자는 더 많은 것을 원하다가 모든 것을 잃는다.

73
싸움소들과 개구리

싸움소 두 마리가 들판에서 맹렬히 싸우고 있었다. 싸움이 일어난 곳 한쪽에는 습지가 있었다. 이 습지에 살던 늙은 개구리는 소들의 싸움을 보며 두려움에 떨었다. 그것을 본 어린 개구리가 늙은 개구리에게 물었다.

"왜 그렇게 겁을 내세요?"

그 물음에 늙은 개구리는 대답했다.

"저들 중 패배한 싸움소가 들판에서 습지 쪽으로 쫓겨날 테니까. 그러면 우리는 모두 진흙탕에 밟혀 들어갈 거 아니니?"

늙은 개구리의 말이 맞았다. 패배한 싸움소는 습지로 쫓겨나면서 그 커다란 발굽으로 늙은 개구리는 물론이고 어린 개구리까지 밟아 죽이고 말았다.

거대한 자가 쓰러지면 약한 자들이 시달린다.

74
생쥐와 족제비

어느 날 배고픈 생쥐 한 마리가 옥수수 한 바구니를 발견했다. 하지만 옥수수를 먹으려면 바구니 틈새로 있는 힘껏 몸을 밀어 넣어야 했다. 그래도 생쥐는 바구니 속의 옥수수가 너무 맛있어 보여 그 안으로 들어가려고 안간힘을 썼다.

마침내 바구니 안에 들어간 생쥐는 배가 터질 정도로 옥수수를 먹어 댔다. 그 바람에 생쥐의 배는 들어왔을 때보다 세 배나 커지고 말았다.

어쨌든 옥수수를 욕심껏 먹고 나서, 생쥐는 다시 무거운 몸을 이끌고 들어왔던 구멍을 통해 바구니를 나가려 했다.

하지만 이번에는 머리만 간신히 빠져나갈 수 있을 정도였다. 생쥐는 신음했다. 배가 너무 불러서 체할 지경인 데다 바구니를 빠져나가고 싶어 안달이 나 있었기 때문이다.

그때 족제비 한 마리가 근처를 지나가다가 그 광경을 보고는 이렇게 말했다.

"이봐. 그 꼴을 보아하니 무슨 일을 저질렀는지 잘 알겠군. 먹이를 배가 터질 정도로 먹은 모양이지? 그렇지 않고서야 네가 그러고 있을 리 없지. 그러니까 바구니를 나가고 싶으면 처음 들어갔을 때처럼 배가 고파질 때까지 기다려. 그때까지 눈이나 붙이는 것도 좋지. 근데 진짜 꼴좋다."

욕심은 불운으로 이어진다.

75
농부와 뱀

어느 추운 겨울 아침, 농부 한 명이 자신의 밭을 산책하다가 몸이 꽁꽁 얼어붙은 뱀 한 마리를 발견했다. 농부는 뱀이 얼마나 위험한지 알고 있었다. 그래도 그는 뱀을 살려 주려고 자신의 가슴에 품었다. 농부의 따뜻한 체온에 뱀은 곧 깨어났다.

그러고는 어느 정도 힘을 되찾자마자 자신에게 친절을 베푼 농부를 물었고, 뱀의 독은 곧장 농부의 온몸에 퍼졌다. 농부는 자신이 죽을 것이라고 생각했다. 그래서 죽기 일보 직전에 주위 사람들에게 이런 말을 남겼다.

"악당에게 친절을 베푼 내가 어떤 꼴이 되었는지 잘 보게."

감사할 줄 모르는 사악한 자들에게 베푼 친절은 버려진 것과 같다.

76
병든 수사슴

수사슴 한 마리가 병이 들었다. 그래서 남은 힘을 긁어모아 약간의 음식과 함께 숲 속의 조용하고 깨끗한 곳으로 몸이 나을 때까지 쉬기로 했다. 곧 수사슴이 아프다는 소식이 동물들 사이에 퍼졌다. 동물들은 안부를 물으려고 그를 찾아왔다. 딱 한 가지 문제가 있다면, 그들은 모두 배가 고팠다. 문병 온 동물들 모두가 수사슴이 애써 모아 둔 먹이를 제멋대로 먹어 버렸고, 결국 수사슴은 굶어 죽고 말았다.

행위가 없는 선한 의도는 아무것도 아니다.

77
염소치기와 들염소들

춥고 비바람이 치던 어느 날, 염소치기가 비를 피하려고 자신의 염소 떼를 몰고 동굴로 들어갔다가 이미 자리를 잡은 들염소 몇 마리를 발견했다. 염소치기는 이 들염소들을 자기 염소 떼에 넣고 싶어 그들에게 좋은 먹이를 주었다. 하지만 자신의 염소 떼에게는 간신히 기운을 차릴 정도만 먹이를 주었다. 곧 날이 개자 염소치기는 염소 떼를 몰고 밖으로 나가 풀을 먹였다. 하지만 들염소들은 무리에 섞이는 대신 언덕 아래로 깡총깡총 뛰어 내려갔다. 그 모습을 보고 염소치기는 투덜거렸다.

"먹이를 준 사람에게 이런 식으로 은혜를 갚니?"

그 말을 듣고 들염소 중 한 마리가 이렇게 대답했다.

"그래도 당신의 염소 떼에는 들어가지 않을 거예요. 당신이 우리를 어떻게 대할지 뻔히 보이니까요."

⚘

새로운 친구를 사귀려고 옛 친구들을 소홀히 하지 마라.

78
방탕아와 제비

옛날에 돈을 물 쓰듯 하는 것으로 친구들 사이에 소문난 젊은이가 있었다. 그는 자신의 명성을 유지하느라 물려받은 재산을 얼마 지나지 않아 탕진하고 말았다.

초봄의 어느 맑은 날, 결국 젊은이는 자신이 걸치고 있는 옷을 제외하곤 한 푼의 유산도 남지 않았다는 것을 깨달았다. 젊은이는 그날 아침에도 친구들을 만나기로 했지만, 평소처럼 쓸 돈을 구할 방법은 도무지 보이지 않았다.

바로 그 순간, 제비 한 마리가 즐겁게 울면서 그의 곁을 지나갔다. 젊은이는 그 모습을 보고 여름이 왔다고 생각했다. 그래서 옷 장수를 찾아가 속옷만 남겨 둔 채 입은 옷 전부를 팔아 버렸다.

하지만 며칠 후, 날씨가 갑자기 추워지면서 한파가 몰아닥쳤다. 그 바람에 불쌍한 제비와 속옷만 입은 어리석은 젊은이는 몸을 덜덜 떨면서 죽어 갔다.

제비 한 마리만 보고 여름이 왔다고 할 수는 없다.

79
개와 굴

옛날 옛적에 달걀을 매우 좋아하는 개 한 마리가 살고 있었다. 이 개는 종종 닭장에 들어가서는 달걀을 통째로 삼켜 버리곤 했다.

그러던 어느 날, 개가 바닷가를 산책하던 중 굴을 하나 보았다. 개는 굴까지 달걀처럼 허겁지겁 껍질째 삼켜 버렸다. 하지만 당연히 굴 껍질은 개의 배 속을 긁어 댔고, 개는 배가 몹시 아파 이렇게 울었다.

"둥그렇다고 다 달걀이 아니구나! 처음 알았어."

성급한 행동은 고통과 후회를 부른다.

80
수소 세 마리와 사자

사자 한 마리가 들판에서 먹이를 먹는 수소 세 마리를 노리고 있었다. 그동안 사자는 몇 번이고 수소들을 공격했지만 그때마다 세 마리의 수소는 서로 힘을 합쳐 사자를 쫓아내 버렸다.

사자는 날카로운 뿔과 튼튼한 발굽을 지닌 수소를 세 마리나 상대해야 했기 때문에 그들을 잡아먹는 것을 거의 포기하고 있었다. 하지만 들판을 떠나지도 못했다. 아무리 얻기 힘들다 하더라도 좋은 먹잇감에서 눈을 돌리기도 힘들었다.

그러던 어느 날, 수소들이 말싸움을 했다. 그러고는 서로 얼굴도 보기 싫다는 듯 들판 여기저기에 멀찍이 흩어져 버렸다. 입맛만 다시며 때를 기다리던 사자는 드디어 수소를 한 마리씩 공격했고, 만족스럽게 굶주린 배를 채웠다.

～

화합 속에 힘이 있다.

81
고양이와 새들

고양이 한 마리가 비쩍 말라 가고 있었다. 짐작하듯 먹을 것이 부족한 탓이었다.

그런데 어느 날, 고양이는 근처에 사는 새들이 병들어 의사를 찾고 있다는 소문을 들었다. 그래서 고양이는 안경을 끼고, 의사처럼 가죽 가방을 손에 든 다음, 새들의 집에 찾아갔다. 집에 있던 새들은 손님이 온 것을 알고 밖을 내다보았다. 밖에는 의사처럼 차린 고양이가 염려스럽다는 듯 새들의 안부를 묻고는, 병을 낫게 해 줄 약을 주겠다고 했다. 하지만 새들은 고양이의 말을 비웃었다.

"똑똑하시기도 해라, 쩍쩍. 저희는 아주 건강하답니다. 당신만 떠나 준다면 더 건강해질 거구요."

돌팔이를 멀리하라.

82
점성술사

옛날에 별들로부터 미래를 읽을 수 있다고 생각하는 사람이 살았다. 그는 스스로를 점성술사라 부르면서 밤마다 하늘을 들여다보았다.

그러던 어느 날 저녁, 점성술사는 마을 바깥의 큰길을 따라 산책을 하고 있었다. 당연히 그의 눈은 별들만 쳐다보고 있었다. 그가 별들 속에서 세상의 종말이 얼마 남지 않았다는 신호를 보았다고 생각한 순간, 그는 흙탕물로 가득 찬 구덩이에 빠지고 말았다. 그는 살려 달라고 필사적으로 외쳤고, 곧 마을 사람들이 그 소리를 듣고 뛰어 나왔다. 하지만 그를 진흙탕에서 꺼내 주면서 마을 사람들 중 하나는 이렇게 말했다.

"별들 속에서 미래를 읽으신다면서 발밑은 못 보셨구려! 제발 당신 눈앞에 있는 것부터 신경 쓰시오. 미래는 미래에 맡기시고."

그리고 다른 마을 사람은 이렇게 말했다.

"별들을 읽는 게 무슨 소용이람? 땅 위에 있는 것도 제대로 못 보는 주제에."

사소한 일부터 잘 다스리면 큰일은 저절로 풀릴 것이다.

83
헤르메스와 나무꾼

어떤 가난한 나무꾼이 숲 속의 깊은 연못 근처에서 나무를 베고 있었다. 어느덧 날은 저물어 가고 있었다. 해가 뜰 때부터 쉬지 않고 일했던 나무꾼은 아주 피곤했다. 그런 탓에 도끼를 휘두르는 힘은 아침보다 점점 떨어져만 갔다. 결국 나무꾼은 도끼를 연못에 빠트리고 말았고, 절망에 빠져 손을 부들부들 떨며 울었다. 돈을 벌 수단이라고는 도끼밖에 없었던 데다, 그의 수중에는 새 도끼를 살 만큼의 돈도 없었다.

그런데 그때, 헤르메스가 나타나서는 나무꾼에게 무엇이 문제인지를 물었다. 나무꾼이 그간의 일을 말하자, 헤르메스는 친절하게도 도끼가 빠진 연못으로 친히 들어가서 훌륭한 황금 도끼를 가지고 나와서는 나무꾼에게 물었다.

"이것이 네 도끼냐?"

정직한 나무꾼은 그의 질문에 대답했다.

"아닙니다."

그러자 헤르메스는 황금 도끼를 땅에 내려놓고는 다시 연못으로 뛰어들었다. 그리고 이번에는 은도끼를 가져왔다. 하지만 나무꾼은 다시, 자신의 도끼는 자루가 나무로 된 평범한 물건이라고 말했다. 그의 말에 헤르메스는 세 번째로 연못에 뛰어들었다. 그리고 이번에는 나무꾼이 잃어버렸던 도끼를 들고 나왔다. 가난한 나무꾼은 자신의 도끼를 드디어 찾았다며 크게 기뻐하면서 헤르메스에게 감사하고 또 감사했다. 헤르메스도 나무꾼의 정직함에 기뻐하며 말했다.

"너의 정직함에 감탄하였다. 그러니 너의 진짜 도끼와 함께 이 금도끼와 은도끼도 상으로 내리마."

가난한 나무꾼은 세 자루의 도끼를 모두 가지고 기쁘게 집에 돌아왔다. 곧 그의 행운에 얽힌 이야기는 마을 전체에 퍼졌다. 몇 명의 다른 나무꾼들은 그의 이야기대로만 하면 한 재산을 얻을 수 있을 거라고 생각했다. 그래서 그들은 숲으로 들어가 여기저기에 자신의 도끼를 숨겼다. 그러고는 마치 도끼를 잃어버렸다는 듯 울며불며 헤르메스에게 도움을 청했다.

헤르메스는 그런 나무꾼들의 앞에도 나타났다. 그리고 차례로 금도끼를 보여 주었다. 이 나무꾼들은 금도끼가 자신의 것이라고 대답했다. 하지만 헤르메스는 금도끼를 내주지 않았다. 말도 안 되는 일이었다. 대신 그는 나무꾼들의 진짜 도끼는 찾아 주지도 않고, 그들의 머리를 금도끼로 때려 주고는 집으로 쫓아 보냈다.

정직이 바로 최선의 방책이다.

84
개구리와 쥐

어린 쥐 한 마리가 모험을 찾아 연못가를 달리고 있었다. 연못에 살던 개구리는 쥐를 보고는 연못가로 헤엄쳐 와 개굴 하며 말했다.

"우리 집에 오지 않을래? 재미있을 거야."

세상 모든 것을 구경하고 싶던 쥐는 개구리의 초대를 기꺼이 받아들였다. 하지만 아무리 수영을 할 줄 알아도 혼자서 연못에 들어가려고는 하지 않았다. 개구리는 한 가지 꾀를 내었다. 튼튼한 갈대 줄기로 자신의 다리에 쥐의 다리를 묶는 것이었다. 그러고는 어리석은 쥐를 끌고 연못에 뛰어들었다. 얼마 지나지 않아 쥐는 연못가로 돌아가려 했지만 개구리는 쥐를 배신하고는 더욱 깊이 물속으로 들어갔다. 결국 쥐는 익사하고 말았다.

그런데 개구리가 죽은 쥐의 다리에 묶여 있던 갈대 줄기를 풀려고 하는 순간, 매 한 마리가 물 위에 뜬 쥐의 사체를 발견했다. 매는 하늘에서 내려와 죽은 쥐를 낚아챘고, 쥐의 다리에 매달려 있던 개구리도 함께 잡혔다. 그렇게 매는 한 번에 두 가지 저녁거리를 얻었다.

다른 사람을 해치려고 하는 자는 제 꾀에 빠져 스스로를 해친다.

85
여우와 게

어느 날 게 한 마리가 자신이 살던 해안의 모래에 싫증이 나서는 멀지 않은 곳에 있는 들판으로 산책을 나갔다. 그곳이라면 짠물이나 모래 속의 벌레보다는 더 나은 먹이를 찾을 수 있을 것 같았다.

하지만 게는 들판을 기어가다가 배고픈 여우의 눈에 띄고 말았다. 여우는 순식간에 게를 껍질째 홀랑 먹어 버렸다.

～

자신이 가진 것에 만족하라.

86
독사와 독수리

독사 한 마리가 독수리를 기습하여 제 몸을 독수리의 목에 감았다. 독수리가 부리와 발톱으로 아무리 애를 써도 독사를 떼어 낼 수는 없었다. 하늘 높이 날아올라도 마찬가지였다. 오히려 목을 더욱 조여 올 뿐이었다. 독수리는 점점 숨이 막혀 결국 땅으로 떨어지고 말았다.

그런데 한 농부가 그 광경을 보고는 독수리를 가엾게 여긴 나머지 그 목에서 독사를 떼어 주었다. 모처럼의 먹잇감을 놓친 독사는 화가 났지만 주의 깊은 농부를 직접 물지는 못했다. 그 대신 독사는 농부의 허리띠에 매달린 뿔잔에 자신의 독을 흘려 넣었다.

독수리를 구해 준 농부는 곧 집으로 향했다. 잠시 후 목마름을 느낀 그는 가지고 있던 뿔잔에 근처의 샘물을 받았다. 하지만 물을 마시려는 순간, 독수리가 거대한 날개를 퍼덕이며 내려와서는 독을 품은 뿔잔을 농부의 손에서 빼앗아 그가 절대 찾을 수 없는 곳에 버렸다.

친절한 행동은 반드시 보상을 받는다.

87
늑대의 그림자

어느 날 저녁 무렵, 늑대 한 마리가 배가 고파져 굴 밖으로 나왔다. 그가 먹이를 찾아 이리저리 뛰어다니는 동안 해는 천천히 기울어 갔다. 늑대의 그림자도 해를 따라 점점 길어졌고, 마치 늑대가 원래보다 백배는 더 커진 것처럼 되었다. 그 모습을 본 늑대는 자신감에 차서 외쳤다.

"이럴 수가. 내 몸집이 이렇게 컸다니! 이런 내가 겁쟁이 사자한테 도망치는 건 상상도 못 하지. 누가 왕 자리에 더 어울리는지 본때를 보여 주겠어."

하지만 그 순간, 사자가 거대한 그림자를 드리우며 늑대를 앞발로 때려눕혀 버렸다.

⁓

환상에 빠져 현실을 잊지 마라.

88
양의 거죽을 뒤집어쓴 늑대

어떤 늑대가 양치기들의 감시 때문에 양을 잡아먹지 못하고 있었다. 그렇게 배고픔에 지쳐 가던 어느 날, 늑대는 버려진 양 거죽을 발견했다. 다음 날 늑대는 그 양 거죽을 입고서 초원으로 내려와 양들 틈에 섞였다. 그러고는 자신을 따라오던 새끼 양을 조용한 곳으로 끌고 가서 잡아먹었다.

그리고 그날 저녁에는 양 떼와 함께 울타리 안으로 들어갔다. 그런데 그날따라 양고기 국물이 먹고 싶어진 양치기가 칼을 들고 울타리에 들어와 양을 잡았다. 하지만 정작 그가 잡은 것은 양이 아니라 양의 거죽을 쓴 늑대였다.

악행을 저지른 자는 자신이 저지른 악행대로 화를 입는다.

89
황소와 염소

어느 날 황소 한 마리가 사자를 피해 도망치면서 염소치기들이 염소들과 함께 비를 긋고 밤을 보내던 동굴로 피신했다. 그런데 동굴에 들어서자마자 무리에서 떨어져 나온 염소 한 마리가 뿔을 겨누고는 그에게 달려들었다. 하지만 동굴 입구에서 아직 어슬렁거리던 사자 때문에, 황소는 염소의 공격을 참을 수밖에 없었다. 그러면서 황소는 말했다.

"내가 정말로 염소 너를 무서워해서 이런 하찮은 공격을 당하고만 있다고 생각하지 마. 저 사자가 떠나는 대로 호된 맛을 보여 주마."

❧

다른 이의 고난을 악용하지 마라.

90
독수리와 딱정벌레

어느 날 딱정벌레 한 마리가 토끼의 부탁을 받고 독수리에게 토끼의 목숨을 살려 달라고 빌었다. 하지만 독수리는 아랑곳하지 않고 토끼를 낚아채고는 거대한 날개를 퍼덕이며 날아올랐다. 그 날갯짓에 딱정벌레는 저만치로 날아가 버렸다. 딱정벌레는 독수리의 무례함에 화가 났다. 그래서 독수리의 둥지로 날아가서는 단 한 개도 남기지 않고 알들을 밀어냈다. 둥지로 돌아온 독수리는 알이 하나도 남아 있지 않은 것을 보고 슬픔과 분노에 휩싸였다. 그렇지만 범인이 누구인지는 끝내 알지 못했다.

그렇게 한 해가 지났다. 독수리는 저 높은 바위산에 둥지를 지었다. 하지만 딱정벌레는 기어코 독수리의 둥지를 찾아내서 다시 한 번 알들을 떨어트렸다. 절망한 독수리는 위대한 제우스에게 찾아가 그 무릎에 자신의 알을 품게 해 달라고 애원했다. 감히 제우스를 해하려는 이가 있을 리 없었다. 그래도 딱정벌레는 다른 방법을 찾아냈다. 제우스의 머리 꼭대기에서 윙윙대며 날아다니는 것이었다. 제우스는 딱정벌레를 쫓아내려고 자리에서 일어나 버렸고, 독수리의 알들은 다시 그의 무릎에서 떨어져 박살이 났다.

그제야 딱정벌레는 자신이 왜 그런 짓을 했는지를 제우스에게 고

했다. 제우스조차 딱정벌레가 그릇된 일을 했다고 혼내지 못했다. 그래서 그 후로, 제우스의 명에 따라 독수리들이 알을 낳는 봄에 딱정벌레는 잠을 자게 된 것이다.

가장 약한 자에게도 부당한 일에 복수할 방도는 있다.

91
늙은 사자와 여우

나이 때문에 이빨과 발톱이 닳아 버린 늙은 사자가, 젊었을 때처럼 사냥을 할 수 없게 되자 아픈 체를 하기 시작했다. 방방곡곡에 자신이 아프다는 소문을 낸 다음, 동굴에 가만히 누워 손님을 기다리기 시작했다. 그러다가 손님이 그의 병문안을 오면, 사자는 그 손님들을 하나씩 잡아먹었다.

그러던 어느 날, 여우도 사자의 병문안을 갔다. 하지만 여우는 신중했다. 일단 동굴에서 멀리 떨어진 곳에 서서는 사자에게 공손히 건강이 어떤지 물어보았다. 그의 말에 사자는 자신이 몹시 아프다고 대답하면서 여우에게 잠깐 굴로 들어오라고 했다. 그러나 여우는 현명하게 바깥에서 머물겠다고 말하며, 친절하게도 사자에게 초대해 줘서 고맙다는 인사도 잊지 않았다. 하지만 동시에 이런 말도 덧붙였다.

"이리 초대해 주셨으니 기꺼이 들어가고는 싶습니다만, 신기하게도 사자님의 동굴로 들어간 발자국들은 많은데 나온 발자국은 하나도 없네요? 그럼 손님들은 대체 어디로 간 걸까요?"

❧

타인의 불행을 경계로 삼아라.

92
사람과 사자

어떤 사람이 사자 한 마리를 길동무 삼아 숲 속을 여행하고 있었다. 그러다 둘은 사자와 사람 중 어느 쪽이 힘과 지혜가 더 월등한지를 놓고 말싸움을 시작했다. 곧 둘은 숲 속의 공터에 이르렀다. 공터에는 네메이아의 사자를 때려눕히는 헤라클레스의 조각이 서 있었다. 그 조각을 보고 사람은 말했다.

"이것 좀 봐. 역시 인간이 세다니까! 제아무리 백수의 왕이라도 사람의 손에 걸리면 이렇게 박살 난다고."

사자는 그 말에 코웃음을 쳤다.

"그룽! 저 조각도 결국엔 사람이 만든 거잖아. 사자라면 아주 다르게 만들었을걸!"

결국 모든 것은 이야기를 하는 사람과 그의 관점에 따라 달라진다.

93
당나귀와 강아지

옛날 옛적에 어떤 사람이 당나귀와 강아지를 함께 길렀다. 강아지는 주인에게 사랑을 받았는데, 주인은 자주 강아지를 쓰다듬으며 친절한 말도 해 주고, 먹다 남은 음식도 기꺼이 내주었다. 강아지도 매일 주인과 마주칠 때마다 그에게로 달려가 꼬리를 흔들며 뛰어올라서는 주인의 얼굴과 손을 핥았다.

하지만 당나귀는 강아지를 못마땅해했다. 아무리 먹이를 잘 먹고 있다고는 해도 당나귀는 너무 많은 일을 했다. 거기다가 주인은 당나귀가 무슨 일을 하든지 거의 신경 쓰지 않는 것 같았다. 당나귀는 질투심에 사로잡혔다. 그러고는 어리석게도 자기도 강아지처럼 행동하면 주인의 사랑을 차지할 수 있을 거라고 생각했다.

어느 날 당나귀는 제멋대로 외양간을 나와 뚜벅뚜벅 집 안으로 들어왔다. 그러고는 식탁에 앉아 있는 주인을 보자마자 마구 발굽을 휘두르고 히히힝 울부짖으며 식탁 언저리를 뛰어다녔다. 또 강아지가 그랬던 것처럼 앞발을 들어 올려 주인의 무릎에 얹고는 자기 혀로 주인의 얼굴을 핥으려 했다.

결국 의자는 당나귀의 무게를 견디지 못하고 쓰러져 버렸고, 당나귀는 주인과 함께 식탁에서 떨어지면서 깨진 접시 위를 굴러다녔다.

주인은 당나귀의 이상한 짓거리에 겁을 먹고 하인들을 불렀다. 부름을 받은 하인들은 부엌으로 달려가 주인을 괴롭히는 당나귀를 때리고 발로 차면서 외양간으로 돌려보냈다. 그곳에서 당나귀는 멍청한 짓거리를 해서 매만 벌었다며 홀로 후회했다.

어떤 사람에게는 적절한 행동도

다른 이에게는 무례하고 버릇없는 행동일 수 있다.

자신의 성품과 성격에 반하는 행동으로 호의를 얻으려 하지 마라.

94
우유 짜는 아가씨의 들통

어떤 아가씨가 하루 종일 짠 우유가 담긴 들통을 머리에 이고 들판에서 돌아오고 있었다.

그녀는 길을 걷는 동안 자신의 미래에 관해 이것저것 상상하고 있었다.

'이렇게 신선하고 맛있는 우유라면 좋은 크림을 만들 수 있을 거야. 이 크림으로 버터를 만들어 시장에 내다 팔고 받은 돈으로는 달걀을 사서 병아리가 깨어나게 해야지. 달걀 전부에서 병아리가 나오면 뜰은 곧 건강한 병아리들로 가득 찰 거야. 그러면 그 병아리들을 오월제 쯤 전부 팔아서 돈으로 바꾸는 거지. 그리고 그 돈으로 축제에 입고 갈 멋진 새 옷을 사는 거야. 남자애들이 전부 나만 쳐다보면 어떻게 하지? 분명 몇 명은 나한테 수작을 걸 텐데. 안 돼. 일단 모두 튕기는 게 좋겠어!'

하지만 여기까지 상상했을 때, 아가씨는 마치 정말로 남자들의 구애를 거절하듯 머리를 가로저었다. 그 바람에 들통은 땅에 떨어지고 말았다.

그리고 들통 속에 가득 담겨 있던 우유는 물론이고, 버터를 만들고, 달걀에서 병아리를 깨어나게 하고, 병아리를 판 돈으로 새 옷을 사려고 했던 망상과 함께 우유 짜는 아가씨의 자존심까지 사라져 버렸다.

병아리가 깨어나기도 전에 닭부터 찾지 마라.

('김칫국부터 마시지 마라.'는 뜻이다.)

95
한쪽 눈이 먼 수사슴

한쪽 눈이 먼 수사슴이 성한 눈은 들판을 향하게 하고, 멀어 버린 눈은 바다로 향한 채 풀을 뜯고 있었다. 이렇게 하면 들판에서 사냥개가 다가오는 것을 볼 수 있을지도 모른다고 생각했다. 그러나 그는 바다로부터 위험이 시작되리라고는 전혀 예상하지 못했다.

그 바람에 해안에 배를 댄 뱃사람들이 자신에게 화살을 쏴서 죽일 때까지 위험을 알아챌 수 없었다. 그래서 수사슴은 죽어 가면서 이렇게 혼잣말을 했다.

"참 어리석었어! 들판의 위험만을 살피느라 바다에서 목숨을 노리는 줄도 몰랐다니."

꼬리

불운은 전혀 예상치 못한 곳에서 닥쳐온다.

96
구두쇠

어떤 구두쇠가 자기 집 뒷마당의 비밀 장소에 금을 숨겨 두었다. 그러고는 매일 그곳을 찾아가 금을 파내어서는 꼼꼼히 개수를 확인했다. 문제는 이 구두쇠가 너무 자주 금을 확인했다는 점이었다. 그 때문에 구두쇠를 눈여겨보고 있던 도둑이 금이 숨겨진 장소를 외워서는, 어느 밤중에 금을 훔쳐 가 버렸다.

다음 날 금이 없어진 것을 알고 구두쇠는 슬픔과 절망에 빠져 머리를 쥐어뜯으며 울부짖었다. 그 소리를 듣고 행인 하나가 무슨 일이냐고 물었다. 구두쇠는 울면서 대답했다.

"없어졌소. 없어져 버렸소. 어떤 놈이 내 금을 훔쳐 갔단 말이오!"

"금이 없어졌다고요! 혹시 금을 그 구덩이에 묻었나요? 하지만 왜 그랬죠? 금은 집 안에 두는 게 더 낫지 않나요? 물건을 사러 갈 때 꺼내기도 쉽고 말이죠."

행인의 말에 구두쇠는 크게 화를 냈다.

"금을 쓴다고! 금에 손도 댄 적이 없는데, 어떻게 감히 쓸 생각을 하는 거지?"

그 말을 들은 행인은 큰 돌멩이를 주워서 구덩이 안에 던져 넣으면서 이렇게 말했다.

"그럼 이 돌멩이를 대신 묻으시오. 당신은 잃어버린 금은 고사하고 이 돌멩이도 똑같이 쓰지 않을 테니!"

소유물은 사용하는 방식에 따라 그 가치를 드러낸다.

97

늑대와 개

옛날 옛적에, 동네에 사는 개들의 감시를 피해 먹이를 구하지 못해 굶주린 늑대 한 마리가 있었다. 얼마나 굶주렸던지, 늑대의 몸은 뼈와 가죽밖에 남지 않았고, 그 생각에 늑대는 절망했다.

그러던 어느 날 밤, 굶주린 늑대는 집에서 멀리 나와 서성이던 살찐 동네 개와 마주쳤다. 늑대는 당장이라도 개를 잡아먹고 싶었지만, 그러기에 개는 제법 힘이 있어 보였다. 싸우기라도 한다면 자신이 오히려 크게 다칠지도 몰랐다.

늑대는 개에게 체격이 좋다고 칭찬하면서 말을 걸어 보았다. 그러자 개가 대답했다.

"원한다면 당신도 나만큼 좋은 먹이를 먹을 수 있소. 그렇게 숲 속에서 비참하게 살지 말아요. 어째서 고기 한입 먹자고 그토록 싸워야 하는 거요? 내가 방법을 알려 주겠소. 그러면 당신도 잘 먹을 수 있을 거요."

늑대는 개에게 물었다.

"어떻게 하면 되는 거요?"

개는 대답했다.

"사실 별 건 없소. 지팡이 짚고 다니는 사람들은 쫓아 보내고, 도둑이 들어오면 짖고, 집안사람들에게 꼬리만 치면 되지. 그러면 닭 뼈에, 고기 조각에, 설탕에, 케이크에, 별의별 음식을 다 먹을 수 있을 거라오. 좋은 말과 따뜻한 손길은 말할 것도 없고."

개의 말에 늑대는 자신이 그러한 행복을 맛보는 광경을 상상했다. 그러고는 감격해서 울음을 터뜨릴 뻔했다.

하지만 그 순간, 그는 개의 목 부근에 난 털이 닳고 피부가 쓸려 생긴 자국을 발견했다.

"그런데 목에 난 상처는 대체 뭐요?"

개는 당황하며 대답했다.

"아무것도 아니오."

"그럴 리가! 자세히 좀 봅시다."

"진짜 아무것도 아니라니까!"

"그러면 그게 뭔지 말해 보시오."

"이건, 그러니까 나를 사슬에 묶어 두는 개목걸이에 쓸려 생긴 상처라오."

개의 말에 늑대는 울부짖었다.

"뭐, 쇠사슬이라고! 그렇다면 마음대로 돌아다니지도 못한다는 말이오?"

하지만 개도 지지 않고 대답했다.

"가끔은 마음대로 돌아다니기도 한다오! 게다가 마음대로 돌아다닐 수 있든 없든 그게 무슨 상관이오?"

"상관이 있고말고! 자유를 빼앗겨야 한다면 당신의 그 호화로운 먹이는 고사하고 세상 모든 어린 양의 부드러운 고기를 준대도 난 싫소!"

늘대는 그렇게 말을 남기고 숲 속으로 도망쳤다.

⸎

자유만큼 값진 것은 없다.

98
여우와 고슴도치

여우 한 마리가 강을 헤엄쳐 건너다가 세찬 물살을 만났다. 여우는 물살에 휩쓸려 내려가지 않으려고 갖은 애를 썼다. 하지만 그 탓에 간신히 건너편 강둑에 닿을 때쯤에는 몸 여기저기에 상처를 입고 지치고 말았다.

이윽고 파리 떼가 상처에서 흘러나온 피 냄새에 이끌려 여우 위에 내려앉기 시작했다. 그래도 여우는 달아날 힘조차 없어 그 자리에 누워 있을 수밖에 없었다. 마침 지나가던 고슴도치가 그 광경을 보고 친절하게도 이렇게 말했다.

"내가 파리를 쫓아 줄까?"

하지만 여우는 손사래를 쳤다.

"아니, 하지 마! 차라리 파리 떼는 그냥 놔둬. 벌써 배를 다 채웠을 텐데 뭐. 게다가 지금 이 파리 떼를 쫓아 버리면 더 굶주린 벌레들이 몰려와서는 얼마 남지도 않은 내 피를 죄다 빨아먹어 버릴걸?"

❧

더 큰 화를 피하기 위해서라면 작은 화를 참는 편이 차라리 낫다.

99
박쥐와 족제비들

박쥐 한 마리가 실수로 족제비 둥지에 들어갔다. 족제비는 잽싸게 박쥐를 낚아채고는 잡아먹으려고 했다. 박쥐가 아무리 살려 달라고 빌어도 이렇게 말할 뿐이었다.

"너는 쥐잖아. 그리고 나는 쥐의 천적이지. 쥐를 잡는 족족 먹어 치우는!"

족제비의 말에 박쥐는 울부짖었다.

"하지만 전 쥐가 아닌데요! 쥐가 날 수 있던가요? 이 날개 좀 보세요. 저는 새라고요. 그러니까 제발 좀 보내 주세요!"

결국 족제비는 박쥐는 쥐가 아니라고 인정했다. 그래서 그를 살려 주었다.

그러나 며칠 후, 이 어리석은 박쥐는 또 실수로 다른 족제비의 둥지에 들어가고 말았다. 그런데 이번에 마주친 족제비는 공교롭게도 새의 천적이었다. 그래서 이 족제비도 발톱으로 박쥐를 낚아채서는 잡아먹으려 했다. 그러면서 이렇게 말했다.

"너는 새로구나. 그러니까 맛있게 먹어 줄게!"

그 말에 박쥐는 울부짖었다.

"뭐라고요, 내가 새라고요? 생각 좀 해 봐요. 새는 깃털을 달고 있죠. 그런데 난 깃털이 없잖아요? 그러니까 난 쥐예요. 좌우명은 '고양 이를 타도하자'고요!"

결국 박쥐는 이번에도 살아남을 수 있었다.

❧

임기응변으로 일을 처리하라.

100
돌팔이 두꺼비

어느 날 어떤 늙은 두꺼비가 이웃들에게 자신은 제대로 교육받은 의사라서 어떤 병이든 고칠 수 있다고 떠벌렸다. 그러자 여우가 이 소문을 듣고 두꺼비를 찾아와서는 그를 살펴보고 이렇게 말했다.

"두꺼비 선생님, 소문에 모든 병을 치료하실 수 있다지요? 그런데 그 전에 먼저 본인의 몸부터 잘 돌보셔야 할 것 같습니다. 그 병이라도 걸린 것처럼 울퉁불퉁한 피부랑 관절염이라도 걸린 것 같은 걸음걸이만 스스로 고쳐 내신다면, 뭐, 누군가는 당신의 소문을 믿어 주겠지요. 하지만 그게 아니라면 차라리 다른 직업을 알아보세요."

෴

남을 고쳐 주기 전에 자신부터 고쳐라.

101
꼬리 잘린 여우

어느 날 여우 한 마리가 덫에 걸렸다. 여우는 아픔을 참아가며 몸을 움직여 간신히 덫에서 빠져나올 수 있었다. 하지만 그 와중에 그의 아름답고도 털이 풍성한 꼬리가 잘리고 말았다. 놀림과 비웃음을 당할까 무서워 여우는 한동안 다른 여우들을 피해 다녔다.

그러나 혼자 지내는 것은 역시나 힘들었다. 여우는 계획을 하나 세웠다. 그는 여우 부족에게 중요한 것을 알려 주겠다며 모든 여우를 불러 모았다. 그렇게 모든 여우가 한자리에 모이자, 꼬리 잘린 여우는 자리에서 일어나 꼬리 때문에 화를 입었던 여우들의 이야기를 길게 늘어놓기 시작했다. 덤불에 꼬리가 엉키는 바람에 사냥개에게 잡힌 여우라던가, 아니면 꼬리가 너무 무거워 재빨리 달아날 수 없었던 여

우의 이야기들을 말이다. 단지 사냥의 기념품으로 삼기 위해 여우의 꼬리를 잘라 가는 무시무시한 인간들의 이야기도 빼놓지 않았다. 이야기를 마무리하면서 꼬리 잘린 여우는 이렇게 말했다.

"앞의 이야기에서와 같이, 꼬리는 쓸모없을뿐 아니라 위험하기까지 합니다. 그러므로 생명과 안전을 중요시하는 여우라면 반드시 꼬리를 끊어야 한다고 주장하는 바입니다."

하지만 꼬리 없는 여우가 이야기를 마치자마자, 나이든 여우 하나가 일어서더니 미소를 지으며 이렇게 말했다.

"자, 그럼 연사님, 잠시 뒤를 돌아보시겠습니까. 그러면 당신의 주장에 답하도록 하지요."

그의 말대로 불쌍한 꼬리 없는 여우는 뒤로 돌아섰다. 그러자 다른 여우들이 그의 뒷모습을 보고 엄청난 야유와 조소를 보냈다. 꼬리 없는 여우는 더 이상 다른 여우들에게 꼬리를 자르라고 할 수 없게 되었다.

❧

당신의 수준을 자신과 비슷하게 낮추려는
사람의 충고는 듣지 마라.

102
장난치는 개

옛날 옛적에 짓궂은 데다 장난치기를 좋아하는 개 한 마리가 살고 있었다. 보다 못한 주인은 이 개의 목에 무거운 나무토막을 매달아서 이웃들과 방문객들을 괴롭히지 못하게 했다. 하지만 개는 오히려 자랑이라도 하듯 나무토막을 질질 끌며 이리저리 돌아다녔다. 당연히 누구도 개를 좋아하지 않았다. 결국 개의 친구가 말했다.

"그러는 것보다 그 나무토막과 함께 조용히 지내는 게 좋을 거야. 네가 얼마나 괘씸하고 성격 더러운 녀석인지 동네방네 알리고 싶은 게 아니라면 말이지."

～

악명은 명성이 아니다.

103
장미와 나비

옛날에 나비 한 마리가 아름다운 장미를 사랑하게 되었다. 장미도 금과 은으로 멋지게 장식된 나비의 날개를 보고 그에게 관심을 가졌다. 그래서 장미는 나비가 곁으로 날아와 사랑한다고 속삭일 때마다 얼굴을 발갛게 물들이며 그의 마음을 안다고 말했다. 나비는 오랫동안 장미와 사랑을 나누고, 그녀만을 사랑하겠다고 몇 번이고 맹세한 후, 연인의 곁을 떠나갔다. 그러고는 한참이 지나서야 장미에게 돌아왔다. 장미는 울면서 "당신의 정절은 참으로 보잘것없군요. 오래전에 나를 떠나서는 꽃이란 꽃은 다 만나고 다녔더군요. 제라늄에게 키스하는 거 다 봤어요. 꿀벌이 쫓아낼 때까지 목서초에게 치근대는 것도 봤고요. 차라리 그때 꿀벌의 독침에 찔려 버리지 그랬어요!" 라고 외쳤다.

나비는 그 말을 듣고 장미를 비웃었다.

"정절? 당신이야말로 내가 떠나자마자 산들바람과 키스를 나누더군. 호박벌과 연애를 계속하면서도 눈앞의 벌레들에게 추파를 던졌잖아. 그러면서 나한테 정절을 기대해?"

스스로 정절을 지킬 수 없다면 남에게도 정절을 기대하지 마라.

104
고양이와 여우

옛날에 고양이와 여우가 함께 여행을 하고 있었다. 이들은 들쥐나 살찐 닭 같은 먹이를 구해 먹으면서 여행을 계속했다. 그리고 먹지 않는 동안에는 말싸움을 했다. 친구들 사이의 말싸움이 그러하듯, 고양이와 여우도 점점 상대의 약점을 건드리기 시작했다. 결국 여우는 화를 참지 못하고 이렇게 말했다.

"넌 진짜로 자기가 무진장 똑똑하다고 생각해? 아니면 나보다 더 많이 아는 척하는 거지? 그럴 수밖에. 난 진짜로 재주가 많거든!"

그 말에 고양이는 비아냥거렸다.

"뭐, 사실 난 한 가지 재주밖에 없긴 해. 하지만 이건 확실해. 그 한 가지 재주가 너의 그 수많은 재주보다 훨씬 낫다는 거."

그런데 그 순간, 멀지 않은 곳에서 사냥꾼의 뿔피리 소리와 사냥개 짖는 소리가 들려왔다. 고양이는 순식간에 나무 위로 뛰어올라 이파리 사이에 몸을 숨겼다. 그러고는 여우에게 말했다.

"내 재주는 이거야. 이제 너의 재주를 좀 보자."

하지만 그 순간, 여우는 머릿속을 맴도는 수많은 탈출 계획 중 무엇을 시도해야 할지 몰라 사냥개들을 이리저리 피해 다닐 수밖에 없었다. 전혀 다른 길을 골라서 가 보아도, 있는 힘껏 달려도, 수십 개의 구덩이에 뛰어들어도, 모두 소용없었다. 결국 여우는 사냥개에게 붙잡히고 말았다. 그리고 그의 수천 개의 재주에 관한 허풍도 거기서 끝나고 말았다.

상식은 언제나 천 가지의 잔꾀만큼 고귀하다.

105
쐐기풀에 쏘인 소년

어떤 소년이 쐐기풀에 쏘여서는 울면서 집으로 달려왔다. 그러고는 엄마에게 아픈 곳을 호 불어 주고 키스해 달라고 했다. 엄마는 기꺼이 그렇게 아들을 편안하게 해 주었다. 그러고는 이렇게 말했다.

"아들, 다음에 쐐기풀을 보거든 겁먹지 말고 꽉 붙잡으렴. 그러면 쐐기풀도 비단처럼 부드러워진단다."

❧

무엇을 하든 온 힘을 다하라.

106
늙은 사자

나이가 많이 든 어떤 사자가 있었다. 튼튼하던 이빨은 닳아 없어져 버렸고, 네 다리로 더 이상 몸을 제대로 가눌 수도 없었다. 결국 백수의 왕은 땅에 드러누워 숨을 헐떡이며 죽기만을 기다렸다. 그 강한 힘과 우아한 아름다움은 모두 어디로 사라진 것인지, 그 모습은 참으로 불쌍해 보였다.

이제 죽어 가는 사자의 곁으로 동물들이 하나둘씩 모여 들었다. 멧돼지는 그 곁을 맴돌다가 누런 엄니로 사자를 들이받았고, 황소는 무거운 발굽으로 그를 짓밟았다. 하찮은 당나귀조차 발굽으로 사자를 걷어차며 그 면전에 대고 욕설을 했다.

아무리 적이라 해도 무방비한 자를 공격하는 것은 비겁한 짓이다.

107
여우와 사자

사자를 전혀 본 적이 없는 어린 여우가 숲 속에서 사자와 맞닥뜨렸다. 어린 여우는 사자를 보자마자 겁을 집어먹고는 몸을 날려 가까이 있는 은신처로 숨어들었다.

그렇지만 두 번째로 사자를 보았을 때 어린 여우는 나무 뒤에 숨어서 사자를 잠깐 훔쳐보고는 슬그머니 도망쳤다.

그리고 사자를 세 번째로 보았을 때, 어린 여우는 사자의 머리 꼭대기에 겁도 없이 올라가서는 이렇게 말했다.

"안녕하세요, 어르신."

친숙함은 편안함을 부른다.

악과 친숙해지면 그 위험함도 찾아내지 못한다.

108
여우와 꿩들

달빛이 밝던 어느 날 밤, 평소처럼 숲 속을 산책하던 여우는 키 큰 고목나무의 가지에 앉아 있는 꿩을 발견했다. 가지는 너무 높은 곳에 달려 있어 여우의 발이 닿지 않았다. 그래서 꾀 많은 여우는 꿩들이 그를 잘 볼 수 있도록 달빛이 밝게 비치는 곳으로 가서 섰다.

그러고는 뒷발로 서서 막춤을 추었다. 먼저 팽이를 흉내 내듯 빙글빙글 돌다가, 위로 아래로 신 나게 뛰어다녔다. 하지만 아무리 여우가 재빠르게 이리저리 움직여도 꿩들은 눈을 떼지 않았다. 잠깐이라도 여우가 자신들을 공격하는 순간을 놓칠까 봐 눈도 깜박이지 않았다.

이제 여우는 나무를 오르려는 척하다가 떨어져서는 죽은 듯 누웠다가, 다시 일어나서는 네 발로 껑충껑충 뛰어다니며 털 많은 꼬리를 이리저리 휘둘렀다. 꼬리에 반사된 달빛은 은모래처럼 눈앞을 어지럽혔다. 불쌍한 꿩들은 점점 머리가 어지러워져 여우가 다시 막춤을 시작하려는 순간, 어지러움을 이기지 못하고 나뭇가지를 놓치고 말았다. 그리고 여우의 앞에 하나씩 떨어져 내렸다.

⌁

위험에 지나치게 신경 쓰다 도리어 위험에 빠질 수 있다.

109
두 여행자와 곰

두 남자가 함께 여행하면서 숲을 지나가는데, 갑자기 그들 앞에 곰이 튀어나왔다. 여행자 중 한 명은 혼자만 살겠다고 나무 위로 올라갔다. 하지만 남은 한 명은 혼자서 무시무시한 짐승에게 맞설 수 없었다. 그래서 길바닥에 누워서는 죽은 듯이 꼼짝도 하지 않았다. 예전에 곰은 시체를 건드리지 않는다는 소문을 들은 적이 있어서였다. 그리고 그 소문이 사실이었는지, 곰은 땅바닥에 엎드린 여행자의 머리쯤을 맴돌며 쿵쿵 냄새를 맡더니, 만족한 듯 그 자리를 떠났다.

곰이 떠나자마자 나무 위로 올라갔던 여행자는 땅으로 내려와서 친구에게 물었다.

"지금 보니 곰이 꼭 무슨 말인가를 자네에게 속삭이고 간 것 같구먼. 그래, 뭐라고 하던가?"

그러자 땅에 엎드려 있던 여행자가 대답했다.

"위험에 처한 친구를 버리는 놈과는 상종도 하지 말라고 하더군."

∾

불운이야말로 진정한 우정의 시험대다.

110
고슴도치와 뱀들

고슴도치 한 마리가 편안한 집을 찾고 있었다. 그러다가 드디어 자기 몸 하나 숨길 만한 조그만 동굴 하나를 찾았다. 하지만 그곳에는 이미 뱀의 무리가 살고 있었다. 이 뱀들은 친절하게도 동굴을 같이 쓰게 해 달라는 고슴도치의 부탁을 들어주었다.

하지만 얼마 지나지 않아 뱀들은 고슴도치의 부탁을 들어준 것을 후회하게 되었다. 동굴 안에서 조금만 몸을 움직여도 고슴도치의 가시에 찔려 고생해야 했기 때문이다. 결국 뱀들은 참다못해 고슴도치에게 자기들의 집에서 나가 달라고 정중히 부탁했다.

"난 이 집이 아주 좋은데? 내가 여기서 살 거야!"

하지만 뱀들의 부탁에 고슴도치는 이렇게 말하면서 도리어 뱀들을 동굴 밖으로 내몰았다. 뱀들은 별수 없이 다른 집을 찾아야만 했다.

❧

손가락을 내주었다가 손마저 잃는다.

111
여우와 원숭이

동물들이 새로운 지도자를 뽑기 위해 큰 회의를 열었을 때, 원숭이는 춤을 한번 춰 보라는 부탁을 받았다. 원숭이는 신기한 얼굴과 몸짓으로 아주 재미있는 춤을 추었다. 동물들은 원숭이의 춤에 너무도 열광한 나머지 그 자리에서 그를 왕으로 정했다.

하지만 여우는 원숭이에게 표를 주지 않았다. 그리고 지도자에 걸맞지 않은 원숭이를 왕으로 뽑은 동물들이 싫어졌다.

얼마 후, 여우는 고기 조각이 달린 덫 하나를 발견했다. 그는 원숭이 왕 앞으로 달려가 엄청난 보물을 발견했으니 원숭이 폐하께서 마땅히 가지셔야 한다고 이야기했다. 욕심 많은 원숭이는 여우를 따라 덫이 있는 곳으로 갔다. 그는 덫 안의 고기 조각을 보자마자 달려가서 잡았다. 그러고는 바로 덫에 갇히고 말았다. 여우는 멀찍이 떨어져 이 광경을 즐기면서 원숭이를 비웃으며 이렇게 말했다.

"왕이시라면서요? 그럼 스스로 빠져나와 보슈!"

결국 동물들은 곧장 새로운 왕을 뽑아야만 했다.

진정한 지도자는 그 품성으로 스스로를 증명한다.

112
엄마와 늑대

어느 날 아침, 배고픈 늑대 한 마리가 마을 끝자락에 있는 오두막집 주변을 어슬렁거리고 있었다. 오두막집 안에서는 아이의 울음소리가 들려왔다. 그러자 엄마는 아이를 달래려고 이렇게 말했다.

"아가, 조용! 그만 울어. 아니면 늑대한테 던져 줄 거야?"

늑대는 공짜 먹이를 준다는 말을 듣고 뛸 듯이 기뻤다. 그래서 오두막의 열린 창 아래에 자리를 잡고 앉아 아이가 그 밑으로 떨어질 때만을 기다렸다. 하지만 아무리 아이가 칭얼대도 엄마는 아이를 창밖으로 던지지 않았다.

그러다가 저녁때가 가까워졌다. 엄마는 이제 창가에 앉아서 아이에게 자장가를 불러 주기 시작했다.

"자장, 자장, 우리 아가. 이제 늑댄 오지 않아. 저기 아빠가 돌아와서 늑대가 오면 잡을 거야."

바로 그 순간, 아버지가 사냥개를 데리고 집으로 돌아오는 모습이 눈에 띄었다. 늑대는 간신히 사냥개들을 피해 도망쳤다.

❧

들리는 말을 전부 믿지 마라.

113
파리 떼와 벌꿀

어느 날, 벌꿀이 든 병이 흔들렸다. 그 바람에 안에 있던 달콤하고 끈적거리는 꿀이 식탁에 쏟아졌다. 곧 대단히 많은 파리 떼가 그 달콤한 냄새를 맡고 몰려들었다. 공짜 잔치에 초대장 같은 것은 필요 없었다.

파리 떼는 걸신들린 것처럼 달려들어 실컷 꿀을 빨아먹었다. 하지만 그 바람에 머리부터 발끝까지 온몸이 꿀로 적셔져 날개까지 붙어 버리고 말았다. 결국 파리 떼는 달콤한 꿀 때문에 그 자리에서 말라죽었다.

꘍

한순간의 쾌락에 빠지지 마라.

그 쾌락 때문에 스스로 파멸할 것이다.

114
여우와 까마귀

화창한 어느 날 아침, 여우 한 마리가 아침거리를 찾아 숲 속을 헤매다가 까마귀가 높은 나뭇가지 위에 앉아 있는 것을 보았다. 말할 것도 없이 여우가 그날 첫 번째로 본 까마귀였다. 하지만 정작 여우의 눈을 붙잡은 것은 이 운 좋은 까마귀가 부리에 물고 있던 치즈 한 조각이었다. 약아빠진 여우는 그것을 보고 생각했다.

'살았다. 드디어 맛있는 아침밥을 찾았어.'

여우는 까마귀가 앉아 있는 나무 밑으로 뛰어갔다. 그러고는 까마귀를 부럽다는 듯 올려다보면서 소리쳤다.

"거기 예쁜 새 아가씨, 안녕하시오!"

갑작스런 아침 인사에 까마귀는 한쪽으로 고개를 꼬면서 의심스럽다는 듯 여우를 쳐다보았다. 그래도 부리로는 치즈를 꼭 물고 답례 인사도 하지 않았다. 그래도 여우는 계속해서 말을 이어 갔다.

"정말 아름다운 아가씨야! 저 곱게 빛나는 깃털 좀 보라지! 잘 빠진 몸매와 멋진 날개는 어떻고! 저렇게 굉장한 새라면 분명 목소리도 아름다울 테지. 다른 것이 저렇게 완벽하니 말이야. 한 번이라도 그 아름다운 목소리로 노래를 불러 준다면 새들의 여왕님이라고 칭송할 텐데."

여우의 무차별적인 아첨에 까마귀는 마침내 의심을 거두었다. 까마귀는 진심으로 새들의 여왕이라고 불리고 싶었다. 지금껏 물고 있던 치즈 조각을 잊어버릴 정도로 말이다. 결국 까마귀는 부리를 크게 벌리고 목청껏 까악까악 울기 시작했다. 그리고 그녀가 물고 있던 치즈 조각은 여우의 입속으로 곧장 떨어졌다. 맛있게 치즈를 먹은 여우는 자리를 뜨면서 달콤한 목소리로 말했다.

"고마워요. 귀청이 떨어질 것 같지만, 뭐, 어쨌거나 목청은 좋네요. 근데 머리는 좀 나쁜가 봐요?"

∽

아첨꾼은 그의 말을 듣는 자들의 돈으로 살아간다.

115
독수리와 솔개

어떤 암컷 독수리 한 마리가 슬픔에 잠긴 채 떡갈나무 가지에 앉아 있었다. 곁을 지나가던 수컷 솔개 한 마리가 그 모습을 보고 독수리에게 물었다.

"왜 그렇게 슬픔에 잠겨 있나요?

그의 말에 독수리가 대답했다.

"결혼을 하고 싶은데, 내가 먹고 싶은 걸 물어다 줄 짝꿍을 못 찾겠어요."

그러자 솔개가 말했다.

"그럼 나랑 결혼해요. 난 힘이 무지 세거든요. 당신보다도 더!"

그 말에 독수리는 기쁘다는 듯이 물었다.

"내가 먹고 싶은 것도 다 사냥해 주고?"

솔개는 말했다.

"물론이지. 진짜 간단한 일인걸. 원한다면 타조 한 마리라도 깃털처럼 가볍게 잡아다 주지!"

그 말을 듣고 독수리는 곧장 솔개와 결혼했다. 하지만 결혼식이 끝나고, 솔개는 신부를 위해 사냥을 나가서 조그만 쥐 한 마리만을 잡아왔다. 독수리는 그것을 보고 짜증을 냈다.

"이게 타조라고? 이건 그냥 쥐잖아!"

그 말에 솔개는 이렇게 대답했다.

"결혼할 수만 있다면야 무슨 약속인들 못 했겠니?"

사랑에 빠지면 모든 것이 아름다워 보이는 법이다.

116
전나무와 나무딸기

전나무가 나무딸기를 비웃는 듯 이렇게 말했다.

"불쌍한 것. 너는 아무 쓸모도 없지? 나를 봐. 나는 쓸모가 아주 많아. 사람들이 자기네들이 살 집을 지을 때면 언제나 나를 찾는다니까."

그 말을 듣고 나무딸기는 대답했다.

"그러거나 말거나. 정작 인간들이 도끼랑 톱을 들고 와서 네 몸을 벨 때면 차라리 나무딸기가 더 낫겠다 싶을걸?"

의무에 얽매인 부유함보다 아무 근심 없는 가난이 더 낫다.

117
돌림병에 걸린 동물들

옛날 옛적에 심한 돌림병이 유행하는 바람에 많은 동물이 죽어 간 적이 있었다. 개중에 살아남은 동물들조차 먹거나 마실 생각은 하지도 못하고 제 몸을 간신히 가눌 수 있을 뿐이었다. 여우가 살진 암탉을 마다하고, 욕심 많은 늑대도 부드러운 양고기의 맛을 모를 지경이었다. 이를 보다 못한 사자는 큰 회의를 열고 동물들을 한자리에 모았다. 그러고는 자리에서 일어나 이렇게 말했다.

"친애하는 동물 여러분, 결국 신들께서 우리의 죄를 묻기 위해 돌림병을 내리셨습니다. 그러니 우리 중 가장 죄 많은 자를 제물로 바쳐야 합니다. 그러면 신들도 우리를 용서하시고 이 돌림병을 거두시겠지요. 우선 저의 죄부터 고백하겠습니다. 저는 욕심 때문에 수많은 양을 잡아먹었습니다. 저를 해칠 수도 없는 것들을 말이지요. 염소와 황소, 수사슴도 잡아먹었습니다. 여기서 고백하자면, 간간히 양을 돌보던 인간들도 좀 먹었으니 제가 가장 죄 많은 자라면 바로 이곳에서 스스로 제물이 되겠습니다. 하지만 그 전에 다른 동물들도 저처럼 죄를 고백하길 바랍니다. 그래서 가장 죄 많은 이를 공정하게 선택하지요."

그 말을 듣고 여우가 말했다.

"사자 폐하. 폐하는 제물이 되기엔 지나치게 선하십니다. 멍청한 양들 몇 마리 잡아먹는 것이 죄입니까? 오히려 그 반대입니다. 폐하의 손에 죽음으로써 그들은 도리어 명예를 얻은 것입니다. 거기다 양을 돌보던 인간이라니. 인간이란 자기들이 우리의 주인이라고 믿는 보잘 것없는 것들 아닙니까."

여우의 말을 듣고 모든 동물은 큰 박수를 보냈다. 뒤이어 호랑이와 곰과 늑대를 비롯한 모든 맹수가 자신이 했던 가장 사악한 일들을 말했다. 하지만 그들은 모두 성자처럼 순수하기라도 한 양 용서를 받았다. 그리고 마지막으로 당나귀가 고백할 순서가 되었다. 그는 큰 죄라도 지은 듯 입을 열었다.

"그러니까 어느 날인지는 몰라도 신전의 사제들에게 속한 밭을 지나가게 되었습니다. 배가 무진장 고팠습지요. 그런데 그 밭에 난 풀이 또 얼마나 부드러워 보이던지, 한입 씹어 보고 싶어 도저히 견딜 수가 없었지요. 그럴 권리도 없었는데 말입지요. 그래서 말입지요……."

당나귀의 말이 끝나기도 전에 모두에게 돌림병을 일으킨 원흉을 드디어 찾았다며 "다른 이에게 속한 풀 한 쪼가리를 먹다니! 그런 끔찍한 짓을 저지르다니! 당나귀는 물론이고 누구라도 죽어야 마땅한 죄!" 하고 맹수들은 울부짖었다. 늑대를 선두로 맹수들은 더 이상 망설이지 않고 당나귀를 덮쳤다. 그러고는 제단 같은 예의는 저 멀리 던져 버리고 그 자리에서 당나귀를 신에게 제물로 바쳤다.

✎

힘 있는 자의 악행에 약자들이 고통받는다.

118
사자를 만난 양치기

어느 날 양치기가 양 몇 마리가 없어진 것을 발견했다. 양치기는 너무 화가 난 나머지 도둑을 잡기만 하면 본때를 보여 주겠다고 큰소리로 외쳤다. 그는 늑대가 그랬을 것이라고 생각하고는 늑대가 득실거리는 동굴이 있는 바위 언덕으로 올라갔다. 그리고 올라가기 전에, 양도둑을 찾는 것을 도와준다면 살진 송아지를 제물로 바치겠노라고 제우스에게 맹세했다.

그런데 양치기가 아무리 찾아보아도 늑대는 코빼기도 보이지 않았다. 대신 산비탈의 큰 동굴을 지나가면서 양을 문 사자 한 마리와 마주치고 말았다. 양치기는 겁에 질려 무릎을 꿇고 말았다.

"이런 젠장, 제우스님, 역시 소원을 마구잡이로 비는 게 아니었습니다! 아까는 도둑을 찾기만 하면 살진 송아지를 제물로 드린다고 했지요? 다 큰 황소 한 마리로 제물을 바꾸겠습니다. 이 사나운 도둑만 쫓아 주신다면!"

❧

원하는 것을 찾고 나면 정작 갖고 싶지는 않다.

얻었을 때 파멸할 수 있는 것을 원하지 마라.

119
토끼와 거북이

토끼 한 마리가 거북이를 느리다고 놀리면서 비웃음 섞인 목소리로 말했다.

"그렇게 느려서 어디 갈 수나 있기는 해?"

그 말에 거북이는 대답했다.

"물론이지. 그것도 생각보다 빨라. 못 믿겠으면 나랑 경주나 한번 하자. 진짜인지 보여 줄 테니."

토끼는 거북이와 경주를 한다는 것 자체가 정말 웃기다고 생각했다. 하지만 심심함이라도 달랠 겸 경주에 응했다. 그래서 둘은 여우에게 심판을 맡아 달라고 했다. 여우는 흔쾌히 응했고, 토끼와 거북이가 달릴 거리를 정해 주고는 시작 신호를 했다.

토끼는 신호가 떨어지자마자 저 멀리까지 아주 빠르게 뛰어갔다. 그러다가 잠시 달리기를 멈추고는, 감히 토끼와 달리기 경주를 하려 했던 거북이를 놀려 주기로 했다. 그 자리에서 거북이가 나타날 때까지 늘어지게 낮잠을 자기로 한 것이다.

거북이는 느리지만 침착하게 길을 걸어갔다. 그리고 얼마쯤 시간이 지나 토끼가 잠들어 있는 곳까지 이르렀다. 그래도 토끼는 세상모르고 잠만 잘 뿐이었다. 거북이가 결승점에 들어가기 직전까지도 잠만 자고 있었다. 그제야 잠에서 깨어난 토끼는 화들짝 놀라 발에 불이 나도록 달렸지만, 결국 거북이를 따라잡을 수는 없었다.

꽃

가장 빠른 자가 언제나 경주에서 이기는 것은 아니다.

120
방앗간 주인과 아들과 당나귀

오래전 어느 날, 늙은 방앗간 주인과 그의 아들이 당나귀를 팔기 위해 시장으로 향했다. 방앗간 주인과 아들은 당나귀를 아주 천천히 몰았다. 당나귀의 상태가 좋으면 시장에서 좀 더 쉽게 팔릴 것 같았다. 그런데 큰길을 따라 걷던 도중, 어떤 여행자들이 그들을 비웃으며 말했다.

"참 멍청하네. 그냥 당나귀를 타고 가면 되잖아. 셋 다 상상 이상으로 멍청하네!"

방앗간 주인은 비웃음을 당하기 싫어 아들에게 당나귀에 올라타라고 말했다. 하지만 길을 따라 조금 더 움직였을 때, 이번에는 세 명의 상인들이 외쳤다.

"오호라, 이게 대체 무슨 일이야? 젊은이, 늙은이 대접 좀 제대로 해! 당장 그 당나귀에서 내려. 그리고 늙은이를 태우라고."

방앗간 주인은 그리 피곤하지는 않았지만, 어쨌거나 상인들의 말대로 아들을 당나귀에서 내려오게 하고서 자기가 당나귀에 올라탔다. 하지만 다음 갈림길에서 방

앗간 주인과 아들은 푸성귀 등등이 든 바구니를 인 여자들과 마주쳤다. 그중 한 명이 외쳤다.

"저 바보 같은 늙은이 좀 봐. 불쌍한 자식은 걷게 하고 혼자서 당나귀 잔등에 쪼그리고 앉아 있구먼!"

방앗간 주인은 슬슬 화가 치밀었지만, 체면을 차리기 위해 아들에게 함께 당나귀를 타자고 말했다. 하지만 그들이 길을 떠나자마자 또 다른 여행자들의 왁자지껄한 소리가 들려왔다. 그들 중 하나가 이렇게 외쳤다.

"불쌍한 당나귀를 그렇게 괴롭히면 되나! 그러느니 차라리 불쌍한 당나귀를 들쳐 업는 게 낫겠네."

방앗간 주인과 아들은 그 말을 듣고 재빨리 당나귀 잔등에서 내려왔다. 그러고는 막대에 당나귀를 묶어 자신들이 지고 시장에 나타났다. 사람들은 그들의 모습을 보고 크게 웃었다. 그 이상한 광경을 보려고 엄청난 수의 사람들이 가까이 달려 나왔다.

한편 편안하게 막대기에 매달려 시장까지 끌려온 당나귀는 사람들이 자신을 보고 손가락질하면서 웃고 소리 지르자 울부짖으며 발길질을 하기 시작했다. 그 바람에 셋이 강 위로 놓인 다리를 건널 때 막대에 묶인 밧줄이 풀리면서 당나귀는 강물에 떨어지고 말았다. 결국 불쌍한 방앗간 주인은 풀이 죽은 채 집으로 돌아갔다. 길에서 마주친 모든 이를 만족시키려다 아무도 만족시키지 못한 것도 모자라 당나귀까지 잃어버렸기 때문이다.

꿀

모든 이를 만족시키려 하면 아무도 만족시킬 수 없다.

121
꿀벌과 말벌과 호박벌

속이 빈 고목 안에서 벌꿀이 가득 찬 저장고가 발견되었다. 이것을 처음 찾아 낸 말벌들은 벌꿀 저장고가 자기네들 것이라고 자신만만하게 말했다. 하지만 꿀벌들도 그 보물 같은 저장고가 자기들 것이라고 확신하고 있었다.

말싸움은 갈수록 날카로워졌다. 전쟁이라도 치르지 않으면 도저히 결판이 나지 않을 것만 같았다. 결국 말벌과 꿀벌은 재판관을 정해서 저장고가 누구 것인지를 공정하게 정하기로 했다. 그래서 이들은 숲 속에서 평화를 사랑하는 재판관으로 소문난 호박벌에게 이 문제를 판단해 달라고 청했다.

호박벌 재판관이 이 문제에 대한 재판을 시작하자, 많은 목격자들은 벌처럼 몸에 줄무늬가 그려져 있는 날개 달린 생물이 붕붕대면서 속이 빈 고목을 날아다녔다고 말했다. 그 말을 듣고 말벌의 변호사는 말벌들이 바로 그렇게 생긴 생물이라고 강조했다. 하지만 호박벌 재판관은 증거가 부족하다고 판단했다. 그래서 좀 더 신중한 판단을 위해 재판을 여섯 주 동안 휴회했다.

얼마 후 재판이 다시 시작되었다. 꿀벌도 말벌도 엄청난 수의 증인들을 데려왔다. 그들 중 가장 먼저 개미가 증인석에 섰다. 그런데 개미가 질문을 받으려는 순간, 늙고 현명한 꿀벌 하나가 자리에서 일어나 연설을 시작했다.

"존경하는 재판장님. 벌써 이 사건이 재판을 받은 지도 여섯 주가 지났습니다. 재판 결과가 빨리 나오지 않는다면 벌꿀은 상해 버리겠지요. 그러니 꿀벌과 말벌 모두 벌집을 지어 보게 할 것을 제안합니다. 그러면 벌꿀이 진짜 누구의 것이 되어야 할지 결정하기가 더 쉬워지겠지요."

그의 말에 말벌들은 목청 높여 반대했다. 하지만 현명한 호박벌 재판관은 그들이 왜 반대하는지를 재빨리 알아차렸다. 말벌들은 벌집을 지어 그 안에 꿀을 채울 줄 몰랐다. 호박벌 재판관은 드디어 판결을 내렸다.

"이제 누가 벌집을 지어 그것을 벌꿀로 채울 줄 아는지가 명확해진 듯합니다. 고목 안의 벌꿀 저장고는 꿀벌들의 것입니다."

✍

능력은 행위로 증명된다.

122
종달새 가족

종달새 한 마리가 갓 심은 밀밭에 둥지를 틀었다. 날이 지나면서 밀과 함께 종달새의 새끼들도 튼튼하게 자랐다. 그러던 어느 날, 잘 익은 황금빛 밀 이삭이 산들바람에 흔들릴 때, 농부와 아들이 밀밭에 찾아왔다. 농부는 잘 익은 밀 이삭을 보며 이렇게 말했다.

"이제 밀을 벨 때가 되었구나. 이웃과 친구들에게 추수를 도와 달라고 해야겠다."

밀밭 근처의 둥지 안에 있던 어린 종달새들은 이 말을 듣고 겁에 질렸다. 추수꾼들이 오기 전에 둥지를 비우지 않으면 모두 잡혀서 큰 위험에 처하게 된다는 것을 알고 있었다. 그래서 엄마 종달새가 먹이를 갖고 돌아오자마자 새끼들은 농부가 한 말을 그대로 엄마에게 들려주었다. 그런데 엄마 종달새는 그 말을 듣고 이렇게 이야기했다.

"얘들아, 너무 겁먹지 말려무나. 그 농부가 이웃과 친구들을 불러 함께 일을 한다고 했다면, 밀 추수도 며칠 뒤에나 할 게다."

그렇게 며칠이 지났다. 이제 밀은 익을 대로 익어 바람에 흔들릴 때마다 이삭이 어린 종달새들의 머리를 스칠 정도였다. 농부가 다시 돌아와 밀밭을 보고는 이렇게 말했다.

"빨리 추수하지 않으면 농사지은 것을 반은 잃겠다. 더는 친구들의 도움은 기다리지 말자. 내일 우리들끼리라도 추수를 하자꾸나."

어린 종달새들은 다시 어미에게 이 말을 그대로 전했다. 그러자 어미 종달새는 이번에는 이렇게 말했다.

"그렇다면 이제는 떠나자꾸나. 인간이 다른 인간의 도움도 받지 않고 스스로 일하려 할 때에는 아무것도 주저하지 않는 법이란다."

그날 오후 종달새 가족은 날개를 퍼덕이며 둥지를 떠났고, 다음 날 해 뜰 녘, 밀을 베러 온 농부와 아들은 빈 둥지 하나를 찾아냈다.

༄

가장 좋은 도움의 손길이란 스스로 노력하는 것이다.

123
고양이와 늙은 쥐

옛날에 아주 약삭빠른 고양이 한 마리가 살고 있었다. 얼마나 약삭빠른지 쥐들이 산 채로 잡아먹히기 싫어 수염 한 가닥이라도 보일까 봐 조심할 정도였다. 그들이 보기에 고양이는 어디에서나 발톱을 바짝 세우고 쥐에게 뛰어들 것만 같았다. 결국 쥐들이 굴에 숨어 나오지 않자, 고양이는 쥐를 한 마리라도 잡기 위해 머리를 쓰기 시작했다.

어느 날 고양이는 높은 선반 위로 올라가서는 밧줄 하나를 늘어트렸다. 그러고는 한 발로만 밧줄에 매달린 채 죽은 듯이 고개를 축 늘어트렸다. 쥐들은 바깥을 엿보다가 고양이의 모습을 보고는, 그가 뭔가 잘못을 저질러 벌을 받느라 선반에 매달린 거라고 생각했다. 그래서 처음에는 조심스럽게 고개를 내밀고 냄새를 맡아 보았다. 그래도 고양이는 움직이지 않았다. 그것을 본 쥐들은 뛸 듯이 기뻐 고양이의 죽음을 축하하기 위해 굴 밖으로 나왔다. 고양이는 그때를 놓치지 않고 밧줄을 풀고 쥐들을 기습했다. 그러고는 쥐를 서너 마리쯤 잡아먹었다.

그 후로 쥐들은 더욱 굴에 틀어박혀 나오지 않았다. 하지만 고양이는 여전히 쥐를 잡아먹고 싶어 한 가지 꾀를 더 부렸다. 맛있는 밀가루로 몸을 칠하고서 밀가루 통에 숨어 있었다. 물론 쥐를 놓치지 않기 위해 한쪽 눈은 뜨고서였다. 역시나 이번에도 쥐들은 고양이가 없는 줄 알고 굴에서 기어 나왔다. 고양이는 참을성 있게 기다렸다. 잘만 하면 토실토실한 어린 쥐 한 마리를 잡을 찰나였다.

그런데 그때, 고양이와 덫을 겪을 대로 겪은, 나머지 꼬리까지 약간 끊어진 늙은 쥐 한 마리가 굴 안에서 소리쳤다.

"조심해라! 그 밀가루 더미가 언뜻 보면 맛있는 식사 같지만, 지금 이 눈으로 보니 꼭 고양이처럼 생겼구나. 그러니까 그게 뭐든 간에 멀리 떨어져들 있어라."

❧

현명한 자는 두 번 속지 않는다.

124
당나귀의 그림자

여행자 한 사람이 먼 곳으로 떠나기 위해 당나귀 한 마리를 빌렸다. 당나귀의 주인도 여행자를 태운 당나귀를 제 갈 길로 이끌기 위해 그 옆에서 걸으며 길을 떠났다.

이윽고 셋은 나무가 한 그루도 나지 않은 평원으로 이어지는 길에 접어들었다. 길에는 햇볕이 따갑게 내리쬐고 있었다. 여행자는 뜨거운 햇볕을 견디다 못해 잠시 쉬어 가자고 했다. 하지만 평원에는 그늘한 조각 찾아보기 힘들었다.

결국 여행자는 당나귀의 그림자 아래 앉았다. 하지만 힘든 것은 여행자뿐만이 아니었다. 당나귀의 주인도 걸어서 그곳까지 간 탓에 매우 피곤했다. 그 역시 당나귀의 그림자 밑에서 쉬고 싶어, 여행자가 빌린 것은 당나귀뿐이지 당나귀의 그늘이 아니라고 하면서 여행자와 싸우기 시작했다.

하지만 두 사람이 몸싸움하는 동안 당나귀는 그 틈을 타 천천히 길을 떠났다.

❧

그림자를 두고 싸우다 본질을 잃고는 한다.

125
개미와 비둘기

비둘기 한 마리가 개울에 빠져 허우적거리는 개미를 발견했다. 비둘기는 불쌍한 개미의 곁에 풀잎을 꺾어 늘어트려 주었다. 그 덕분에 개미는 난파선의 선원이 부러진 돛대에 매달리듯 풀잎에 매달려 개울가로 올라올 수 있었다.

얼마 후 이 개미는 길을 가다가 다시 비둘기와 만났다. 그런데 공교롭게도 인간이 비둘기를 사냥하려 하고 있었다. 개미는 인간이 돌팔매질하려는 순간 그의 발꿈치를 물었다. 인간은 아파서 펄쩍 뛰며 엉뚱한 방향으로 돌을 날렸고, 돌이 날아가는 소리에 놀란 비둘기는 멀리 있는 나무로 안전하게 몸을 피할 수 있었다.

❧

친절은 결코 쓸모없는 것이 아니다.

126
사람과 사티로스

옛날 옛적에 한 사람이 숲 속에서 사티로스를 만나 친구가 되었다. 둘은 곧 둘도 없이 친해졌고, 사티로스는 사람의 오두막에서 살게 되었다.

그러던 어느 추운 겨울날 저녁, 사티로스는 사람과 함께 집으로 돌아가다가 그가 손끝에 입김을 부는 모습을 보고는 이렇게 물었다.

"왜 그렇게 하는 거야?"

그의 물음에 사람은 대답했다.

"손끝이 차가워서 좀 덥히려고."

그렇게 둘은 집으로 돌아왔다. 사람은 따끈한 죽 두 그릇을 만들어 식탁에 차려 놓았다. 두 친구는 김이 모락모락 피어오르는 맛있는 식사를 즐기려고 자리에 앉았다. 그러자 사람이 다시 입김을 불기 시작했다. 이번에는 죽 그릇이었다. 사티로스는 그 모습을 보고 놀라서 물었다.

"이번엔 또 왜 그렇게 하는 거야?"

사람은 대답했다.

"죽을 먹기 좋게 좀 식히려고."

그 말을 듣더니 사티로스는 허겁지겁 일어나 밖으로 걸어 나가면서 이렇게 말했다.

"잘 있어. 이제 네가 어떤 부류인지 알겠어. 바로 같은 입김으로 물건을 식히고 또 덥히는 믿을 수 없는 녀석이었구나!"

줏대 없이 양쪽 모두의 이야기를 하는 사람은
양쪽 모두의 신뢰를 얻지 못한다.

127
늑대와 아기 염소와 엄마 염소

어느 날 아침, 엄마 염소가 먹을 것을 사기 위해 시장에 갈 채비를 했다. 현관의 빗장을 잠그면서 엄마 염소는 혼자 남을 아기 염소에게 이야기했다.

"집 잘 지키고 있어야 돼. '늑대들 콱 망해 버려라!'라는 암호를 말하지 않으면 아무도 집 안에 들이지 말고."

그런데 공교롭게도 그때, 근처를 지나가던 늑대 한 마리가 엄마 염소가 하는 말을 엿듣게 되었다.

늑대는 엄마 염소가 저만치 멀어지자마자 염소네 집 앞 현관에 노크를 했다.

그러고는 엄마 염소의 부드러운 목소리를 흉내 내며 늑대가 말했다.

"늑대들 콱 망해 버려라!"

아기 염소는 올바른 암호를 듣고 문을 열어 줄까 했지만 문틈으로 비친 시커먼 그림자를 보고는 불안해져서는 이렇게 말했다.

"새하얀 앞발을 보여 주세요. 아니면 문을 안 열어 드릴 거예요."

하지만 늑대에게 새하얀 앞발이 있을 리 없었다.

결국 늑대는 왔을 때와 마찬가지로 굶주린 채 그곳을 떠나야 했고, 그렇게 숲 속으로 사라지는 늑대의 모습을 보며 아기 염소는 다음과 같이 말했다.

"역시 조심하길 잘 했어."

꽃

확인하고 또 확인하라.

128
제비와 까마귀

어느 날 제비와 까마귀가 자기들의 깃털을 놓고 말다툼을 했다.

제비가 먼저 말했다.

"내 깃털 좀 봐. 얼마나 색도 밝고 포근해 보여. 그 시커먼 깃털보단 훨씬 낫지. 좀 더 예쁜 깃털을 입어 보는 건 어때? 자존심도 없니?"

그 말에 까마귀는 대답했다.

"봄이라면 네 깃털이 좀 괜찮겠지. 근데, 왜 내가 제일 좋아하는 겨울에 난 너를 한 번도 본 적이 없을까?"

❧

좋을 때에만 친한 척하는 친구는 별 가치가 없다.

129
제우스와 원숭이

어느 날 숲 속의 동물들이 누구의 아이가 가장 예쁜지를 겨뤘다. 일등을 하는 동물에게는 제우스가 상을 내리기로 했다. 제 아이를 자랑스러워하는 엄마들은 당연히 아이와 함께 참여했다.

그중에서도 엄마 원숭이가 제일 먼저 나섰다. 그러고는 자기 아이를 다른 아이들 틈에 자랑스럽게 내놓았다. 예상대로 다른 동물들은 아기 원숭이의 납작한 코와 털도 나지 않은 얼굴과 금방이라도 튀어나올 것 같은 커다란 눈망울을 보고 비웃기 시작했다. 그래도 엄마 원숭이는 아랑곳하지 않고 말했다.

"비웃을 테면 비웃어 봐. 제우스님께 상이야 못 받겠지만, 나한테는 세상에서 가장 예쁘고 사랑스럽고 귀여운 아이라고."

❧

어머니의 사랑은 맹목적이다.

130
사자의 몫

옛날에 사자와 여우와 재칼과 늑대가 사냥을 나가 잡은 것을 함께 나누기로 약속했다. 그러던 어느 날, 늑대는 수사슴 한 마리를 잡고선 바로 동료들을 불러 사냥감을 나누자고 말했다. 그러자 사자가 말없이 자기가 사냥감을 조각내겠다고 나섰다. 그러고는 공평히 먹이를 나눌 듯 뽐내며 동료들의 수를 세더니, 자신부터 가리키면서 말했다.

"나부터 하나, 늑대까지 둘, 재칼까지 셋, 그리고 여우까지 넷."

사자는 수사슴을 네 부분으로 나누고는 다시 말했다.

"나는 사자 대왕이니까 첫 번째 몫은 당연히 내 것이고. 내가 제일 힘이 세니 이 두 번째 부분도 내 몫이겠지. 그리고 역시 내가 제일 용감하니 이 세 번째 부분도 당연히 내 몫이지?"

여기까지 센 다음 사자는 그들의 눈앞에서 날카로운 발톱을 흔들면서 나머지 세 친구들을 노려보기 시작했다.

"그리고 너희 셋 중 이 남은 부분을 가져가고 싶은 녀석이 있다면. 지금 한번 나서 봐."

❧

힘은 부당한 권력마저 만들어 낸다.

192

131
사자와 당나귀와 여우

사자와 당나귀와 여우가 함께 사냥을 나가 많은 사냥감을 잡았다. 사자는 당나귀에게 사냥감을 나누라고 명령했다. 당나귀는 분부대로 사냥감을 셋에게 똑같이 나누었다. 여우는 자기에게 돌아온 몫을 보고 크게 만족했다. 하지만 자기 몫을 보고 몹시 화가 난 사자는 당나귀를 앞발로 때렸다. 그러고는 죽은 당나귀도 사냥감 더미에 얹었다. 사자는 이제 여우를 돌아보면서 화난 목소리로 으르렁거렸다.

"자, 이젠 네가 사냥감을 나눠 보아라."

여우는 더 생각할 필요도 없었다. 그는 사냥감을 전부 한쪽에 모아 두고는 그중에서 산양의 뿔이나 황소의 꼬리처럼 쓸모없는 부분들만을 자기 몫이랍시고 가져갔다. 사자는 그 모습을 보고 다시 기분이 좋아져 여우에게 물었다.

"이렇게 공정히 사냥감을 나누는 법은 어디서 배웠는고?"

사자의 물음에 여우는 천천히 몸을 빼며 대답했다.

"누구긴요. 당나귀 선생에게 배웠습죠."

多

다른 이의 불운을 교훈으로 삼으라.

132
어린 두더지와 엄마 두더지

어느 날 어린 두더지가 어미에게 말했다.

"이상하다? 엄마, 저 앞 못 보는 거 맞아요? 다 볼 수 있는 것 같은데!"

그 말을 듣고 엄마 두더지는 아이의 자만심을 버리게 해야겠다고 생각했다. 그래서 돌멩이같이 생긴 유향 한 조각을 어린 두더지 앞에 놓고는 그것이 무엇이냐고 물어보았다. 어린 두더지는 유향을 흘끔 보고는 망설임 없이 말했다.

"에이, 이거 자갈이잖아요."

"맙소사, 아들, 앞을 보는 건 고사하고 냄새도 제대로 맡지 못하는구나."

∞

한 가지 장점에 대해 떠벌리면
다른 것이 부족함을 드러내는 꼴이다.

133
토끼의 귀

사자가 산양을 잡아먹다가 그 뿔에 심하게 다치고 말았다. 그는 너무 화가 나서는 자신이 잡아먹을 모든 동물이 뻔뻔하게 뿔을 달고 자기를 해치려 한다고 생각했다.

그래서 사자는 자신의 영역에 사는 모든 뿔 달린 동물들에게 하루 안에 떠나라고 명령했다. 그 명령에 짐승들은 겁을 집어먹었다. 불행하게도 뿔이 달린 동물들은 바로 짐을 싸서 떠나기 시작했다. 심지어는 뿔이 없어서 떠날 필요가 없었던 토끼조차 겁에 질려서는 꿈속에서까지 무서운 사자에게 시달리며 불안한 밤을 보냈다. 그리고 이른 아침에 둥지를 나왔다가 자기 그림자에 달린 길고 뾰족한 귀를 보고는 공포에 떨며 말했다.

"귀뚜라미 씨, 그동안 고마웠어요. 이제 떠나야겠어요. 사자라면 분명 내 귀까지 뿔이라고 잡아뗄 게 뻔하거든요."

~

스스로의 명예에 조금이라도 흠집을 낼 여지를 남기지 마라.
적들은 무슨 이유를 대서라도 당신을 공격한다.

134
늑대들과 양

늑대 무리가 양 떼가 모인 목초지 근처를 지나게 되었다. 하지만 양 몰이 개 때문에 저 멀리로 돌아가야 했고, 양 떼들은 세상모르고 풀만 뜯어 먹고 있었다. 그러다 늑대 무리는 양 떼들을 속일 만한 꾀를 한 가지 생각해 냈다. 그들은 양 떼를 향해 이렇게 말했다.

"왜 우리는 언제나 이렇게 싸워야만 할까요? 그건 양과 늑대들 사이에서 문제만 일으키는 개들 때문입니다. 저들만 없다면 양과 늑대들은 훨씬 더 친분을 쌓을 수 있을 겁니다. 그러니 개들을 멀리 보내세요. 그리고 친구가 됩시다."

늑대들의 말에 양들은 깜박 속아 넘어가서는 개들을 멀리 보내 버렸다. 그리고 그날 밤, 늑대들은 목초지에서 최고의 만찬을 즐겼다.

❧

적 때문에 친구를 버리지 마라.

135
북풍과 해

북풍과 해가 누구의 힘이 더 센지 말싸움을 하고 있었다. 그런데 둘이 한참 열을 올리며 싸우는 동안 여행자 한 사람이 망토로 몸을 꽁꽁 감싼 채 길을 걸어가고 있었다. 그를 발견한 해가 말했다.

"그러면 저 여행자의 망토를 먼저 벗기는 쪽이 더 힘이 센 걸로 치자."

"좋아."

북풍은 그렇게 으르렁대고는 여행자에게 차가운 폭풍을 보냈다. 바람이 불자마자 여행자의 몸을 감싸고 있던 망토 끝자락이 벗겨질 듯 펄럭거렸다.

그러자 여행자는 도리어 망토를 더욱 단단히 몸에 휘감았다. 북풍이 거세게 불면 불수록 여행자는 망토를 더욱 단단히 움켜쥘 뿐이었다. 북풍이 아무리 망토를 찢을 기세로 거세게 바람을 보내도 아무 소용이 없었다.

해는 뒤이어 따스한 햇볕을 비추기 시작했다. 처음에는 따스하고 부드러운 햇볕부터 시작했다. 차가운 북풍에 시달린 뒤 내리쬐는 기분 좋은 햇살에 여행자는 망토의 앞섶을 풀었다.

하지만 햇살은 더욱 따스해졌다. 여행자는 이제 모자를 벗고 눈썹에 맺힌 땀을 닦았다. 그러다가 결국 더위를 이기지 못하고는 마침내 망토를 벗었다. 그리고는 길가의 나무 그늘로 들어가 따갑게 내리쬐는 햇살을 피했다.

꩜

엄포와 협박이 통하지 않는다면 부드러움과 친절함으로 대하라.

136
대장장이와 그의 개

어떤 대장장이가 개를 한 마리 키우고 있었다. 이 개는 제 주인이 일하는 동안에는 잠만 자다가 식사 시간만 되면 벌떡 일어나곤 했다.

어느 날 그의 주인인 대장장이는 개에게 뼈를 던져 주면서 짐짓 화가 난 척 이렇게 말했다.

"너처럼 게을러빠진 똥개를 대체 어디다 써 먹어야 하는 걸까? 내가 열심히 모루에 망치질을 하고 있는 동안에도 네놈은 몸을 똘똘 말고 잠이나 자고 있잖아. 하지만 식사라도 하려고 일을 멈추면 네 녀석은 단박에 일어나 꼬리를 흔들며 먹이를 달라고 하지."

꠆

일하지 않는 자는 굶어도 싸다.

137
어부와 작은 물고기

그날 잡은 물고기로 먹고사는 가난한 어부가 있었다. 유달리 운이 없던 어느 날, 어부는 작은 물고기 한 마리밖에 잡지 못했다. 낙담한 어부는 물고기를 양동이에 넣고 집에 돌아가려 했다. 그런데 그때 물고기가 말했다.

"제발 저를 살려 주세요, 어부님. 저는 집에 가져가시기에는 너무 작잖아요. 제가 더 크거든 잡아가세요. 그때쯤이면 저도 더 맛있어질 거예요."

하지만 어부는 아랑곳하지 않고 작은 물고기를 양동이에 던져 넣으며 말했다.

"내가 바보냐, 널 놓아주게? 네가 아무리 작아도 아무것도 못 잡은 것보다는 훨씬 낫단다."

꿍

조그만 소득이, 크지만 허황된 약속보다 더 가치 있다.

138
싸움닭 두 마리와 독수리

옛날 옛적에, 철천지원수 사이인 수탉 두 마리가 농장에 살고 있었다. 어느 날 이 수탉 두 마리는 부리와 발톱을 세우고 날개를 퍼드덕 거리며 싸웠다. 결국 두 수탉 중 한 마리가 싸움에 져서 농장 한구석으로 몸을 숨겼다. 싸움에 이긴 수탉은 닭장 꼭대기로 올라가 자랑스레 날개를 퍼덕이고 목청껏 울며 온 세상에 자신의 승리를 알렸다.

그런데 하필 그 위에서 맴돌던 독수리가 싸움에 이긴 수탉의 울음소리를 들었다. 그러고는 바로 수탉을 낚아채 둥지로 잡아갔다. 이 광경을 보고 싸움에 진 수탉은 숨어 있던 곳에서 나와 농장의 우두머리가 되었다.

∽

자만은 파멸로 이어진다.

139
벌과 제우스

히메투스 산에서 온 여왕벌 한 마리가 올림포스 산꼭대기로 날아가 제우스에게 신선한 벌꿀을 선물했다. 제우스는 선물을 받고 크게 기뻐하면서 여왕벌에게 원하는 것은 무엇이든 들어주겠노라고 약속했다. 그의 말에 여왕벌은, 꿀을 훔쳐 가는 인간들을 죽일 수 있도록 모든 벌에게 독침을 선물해 달라고 했다.

여왕벌의 말에 인간을 사랑하는 제우스는 크게 실망했다. 하지만 약속은 약속이었다. 결국 제우스는 벌들에게 독침을 선물하기로 했다. 그러나 그가 선물한 독침은 한 번 쓰고 나면 쏜 자리에 남는 것이었다. 결국 그 독침을 쓸 때마다 벌은 죽게 되었다.

사악한 소원은 닭과도 같다. 결국 제자리로 돌아와 활개 치기 때문이다.

140
장님과 새끼 늑대

옛날 옛적에 장님 한 사람이 살았다. 이 장님의 손은 아주 예민해서, 어떤 동물을 만지든 단지 그 감촉만으로 동물을 구분할 수 있을 정도였다.

어느 날 이 장님의 손에 누군가가 새끼 늑대를 들려 주고는 그것이 무엇인지를 맞춰 보라고 했다. 장님은 한동안 새끼 늑대를 어루만지다가 이렇게 말했다.

"그렇군. 늑대의 새끼인지 여우의 새끼인지 확실치는 않네만, 어쨌든 양 떼들의 틈에 넣어 줄 만한 동물은 아닐세."

~⁓~

사악한 품성은 일찍부터 드러난다.

141
개와 요리사

어느 날 어떤 부자가 친구와 지인 몇 사람을 만찬에 초대했다. 부자의 개도 자기 친구들을 초대할 기회가 왔다고 생각했다. 그래서 친구에게 찾아가 말했다.

"우리 주인이 잔치를 열겠대. 맛있는 음식이 잔뜩 나올 거야. 그러니까 오늘 저녁은 우리 집에 와서 나랑 같이 먹자."

그날 저녁, 초대받은 개는 부자의 집으로 찾아갔다. 부엌에서는 한참 만찬 음식을 준비하고 있었다. 초대받은 개는 그 광경을 보고 이렇게 중얼거렸다.

"이럴 수가, 오늘은 진짜 운이 좋네. 오늘 잘 먹어 두면 이틀이나 사흘은 끼니 걱정을 하지 않아도 되겠어."

초대받은 개는 꼬리를 경쾌하게 흔들어 초대해 준 친구에게 감사를 표했다.

그런데 바로 그때, 요리사가 초대받은 개를 발견했다. 낯선 개가 주방에 들어온 것에 짜증이 난 요리사는 초대받은 개의 뒷다리를 붙잡아 창문 밖으로 던져 버렸다. 초대받은 개는 꼴사납게 떨어져 다리를 절고 구슬프게 울며 도망쳤다. 그 광경을 보고 다른 개들이 그에게 와서 물어보았다.

"그래서, 그 집 저녁밥은 어땠어?"

초대받은 개는 이렇게 대답했다.

"굉장했지. 와인이 정말 좋더라고. 그래서 너무 많이 마셨더니 그 집을 어떻게 나왔는지도 기억이 안 날 정도야!"

~

다른 이들에게 주어진 것은 다른 이들에게 양보하라.

142
목욕하던 소년

어떤 소년이 강에서 목욕을 하다가 발이 미끄러졌다. 강 깊은 곳에 빠진 소년은 자칫하면 물에 빠져 죽을 수도 있었다. 그때 근처의 길을 지나던 남자가 소년의 목소리를 들었다. 그러고는 강둑으로 다가오더니 물에 빠진 소년을 구해주기는커녕 오히려 조심성이 없다며 나무라기 시작했다. 결국 소년은 참지 못하고 소리쳤다.

"아저씨, 제발요. 일단 저 좀 구해 주세요. 혼내시는 건 그다음에 해도 되잖아요."

❦

위기가 오면 충고 대신 도움부터 주어라.

143
농부와 사과나무

어떤 농부의 집 마당에 사과나무 하나가 자라고 있었다. 사과나무는 더는 열매가 열리지 않아 제비나 베짱이의 햇볕을 피하는 구실 정도로만 쓰이고 있었다. 농부는 더는 열매가 열리지 않는 것을 보고 나무를 잘라 버리려고 도끼를 가져왔다. 나무에 앉아 있던 제비와 베짱이는 그 모습을 보고 농부에게 나무를 자르지 말라고 애원하면서 이렇게 말했다.

"지금 이 나무를 자르신다면 저희는 다른 집을 찾아야 해요. 그러면 마당에서 일하실 때 피로를 달래 주던 저희들의 노래도 더는 듣지 못하실 텐데요."

농부는 그들의 말을 들은 체 만 체하며 조금씩 나무를 베어 내기 시작했다. 하지만 몇 번 도끼질을 하자 사과나무의 텅 빈 속에 한 무리의 벌이 지은 벌집이 드러났다. 벌집 속에는 맛있는 꿀이 가득 차 있었다. 그것을 본 농부는 기뻐하며 도끼를 던지고는 이렇게 말했다.

"어쨌거나 베어 넘기지 않기를 잘 했네."

꿎

인간은 유용함을 가치로 삼는다.

144
농부와 여우

어떤 농부가 밤마다 마당에 내려와 닭과 오리를 잡아가는 여우 때문에 화가 났다. 그래서 덫을 쳐서 여우를 잡은 다음, 복수를 한답시고 여우의 꼬리에 나뭇가지를 매달아 불을 붙이고는 여우를 놓아주었다.

그런데 공교롭게도 여우는 곧 추수해야 할 잘 익은 옥수수가 널린 밭으로 곧장 달려갔다. 잘 익은 옥수수 밭은 순식간에 불길에 휩싸였다. 그리고 농부는 한 해 동안 애써 기른 옥수수를 전부 잃었다.

❧

복수란 양날의 검과 같은 것이다.

145
새장 속의 새와 박쥐

어떤 목소리 고운 새가 창밖의 새장 속에 갇혔다. 그런데 신기하게도 다른 새들이 전부 잠든 밤에만 노래를 부르는 습관이 있었다.

어느 날 밤, 박쥐 한 마리가 날아와 새장의 창살 위에 앉았다. 그러고는 새에게 왜 낮에는 가만히 있으면서 밤에만 노래를 부르냐고 물어보았다. 새는 이렇게 대답했다.

"사실은 이유가 좀 있어요. 저도 한때는 낮에 노래를 불렀지요. 그런데 어느 날인가 새 사냥꾼이 제 노랫소리를 듣고는 그물을 쳐서 저를 잡았지 뭐예요. 그래서 그때부터 밤에만 노래를 부르기로 했어요."

그 사연을 듣고 박쥐는 이렇게 대답했다.

"하지만 이제 갇힌 몸이 되어 그렇게 하면 뭐 하나요? 잡히기 전부터 그렇게 조심했다면 지금도 자유로울 수 있었잖아요."

이미 일이 일어난 뒤에 조심하는 것은 쓸모없다.

146
당나귀와 그 주인들

옛날 옛적에 어떤 정원사가 당나귀 한 마리를 데리고 있었다. 그는 이 당나귀에게 먹이는 조금밖에 주지 않으면서 무거운 짐을 지우고는 언제나 때리고는 했다. 당나귀는 힘든 생활을 견디다 못해 정원사의 손을 떠나 다른 주인과 만나게 해 달라고 제우스에게 빌었다. 그래서 제우스는 헤르메스를 보내 정원사가 당나귀를 도공에게 팔게 했다.

하지만 도공과 함께 살면서 당나귀는 더욱 힘들게 일해야 했다. 그래서 조금 더 편히 살게 해 달라고 다시 한 번 제우스에게 기도했고, 그는 다시 당나귀의 소원을 들어주었다. 당나귀가 도공의 손을 떠나 무두장이에게 팔려 갈 수 있게 해 준 것이다. 하지만 당나귀는 자기의 새 주인이 무두장이라는 것을 알고는 절망에 빠져 이렇게 울었다.

"왜 지금까지 이전 주인들을 위해 더 열심히 일하지 못했을까? 그 대로 있었다면 최소한 죽을 때 땅에 묻힐 수는 있었을 텐데. 이제는 무두질 틀 안에서 죽게 생겼구나."

～

아랫사람은 나쁜 윗사람이 오기 전까지는

좋은 윗사람을 알아보지 못한다.

147
우물에 빠진 개구리들

어느 늪에 두 마리의 개구리가 함께 살고 있었다. 그런데 어느 더운 여름날, 그들이 살던 늪이 말라붙고 말았다. 개구리들은 그들이 지내기 좋을 만큼 축축한 곳을 새로 찾아야만 했다. 그러다 두 개구리는 깊은 우물가에 다다르게 되었다. 두 개구리들 중 하나가 우물 안을 들여다보고는 다른 개구리에게 말했다.

"시원하고 좋은 곳 같아. 여기 들어가서 자리를 잡자."

하지만 더 현명한 다른 개구리는 이렇게 대답했다.

"너무 서두르지 말자고, 친구. 만일 이 우물까지 우리가 살던 늪처럼 말라 버리면 어떻게 다시 빠져나올 거야?"

❧

행동으로 옮기기 전에 두 번 생각하라.

148
벌 치는 사람

벌 치는 사람이 잠시 자리를 비운 사이 도둑이 그의 양봉장에 들어와 꿀을 전부 훔쳐 가 버렸다. 그래서 벌 치는 사람이 돌아왔을 때 벌집은 텅 비어 있었다. 벌 치는 사람은 황당한 나머지 한동안 그 자리에 서서 텅 빈 벌집을 바라만 보았다.

그런데 얼마 되지 않아 벌 떼가 그날 모은 꿀을 가지고 벌집으로 돌아왔다. 그러고는 텅 빈 벌집과 그 옆에 멍하니 서 있는 벌 치는 사람을 보았다. 벌 치는 사람이 꿀을 훔쳐 갔다고 생각한 벌들은 그를 독침으로 쏘기 시작했다. 벌 치는 사람은 엄청난 아픔에 쓰러져서는 울부짖었다.

"이 은혜도 모르는 놈들 같으니. 네 녀석들의 꿀을 훔쳐 간 도둑은 그냥 보내 준 주제에 매일 너희를 돌봐 준 사람을 쏘는구나!"

❧

복수를 하려거든 대상을 정확히 확인하라.

149
사기꾼

한 사기꾼이 깊은 병에 걸렸다. 그래서 건강을 되찾을 수만 있다면 백 마리의 황소를 신들에게 바치겠다고 맹세했다. 신들은 사기꾼이 어떻게 자신의 맹세를 지키는지를 보려고 그 사람의 병을 낫게 해 주었다. 하지만 사기꾼은 황소 한 마리 없는 몸이었다. 그래서 그는 진짜 황소 대신 양초로 백 마리의 조그만 황소를 만들어서 신전에 바쳤다. 그러고는 이렇게 기도했다.

"신들이시여, 이제 저의 맹세한 바를 지킵니다. 부디 굽어 살펴 주십시오."

사기꾼의 기도에 신들은 마땅한 보답을 해 주어야겠다고 생각했다. 그래서 꿈을 통해 그에게 해변으로 가면 백 개의 황금 왕관을 찾을 수 있다고 알려 주었다. 사기꾼은 뜻밖의 노다지에 흥분하여 해변으로 나갔다. 하지만 그곳에서 왕관 대신 도둑 떼와 맞닥뜨렸고, 도둑들은 그를 붙잡아 황금 동전 백 개에 노예로 팔아 버렸다.

〰

할 수 있는 만큼만 약속하라.

150
나이팅게일과 제비

제비 한 마리가 나이팅게일에게 숲에서 나와 자신처럼 사람들 사이에서 살면서 그들의 집 지붕 아래에 둥지를 틀어 보라고 권했다. 그러나 나이팅게일은 이렇게 대답했다.

"한때 나도 당신처럼 사람들 사이에서 살았던 적이 있었지요. 하지만 그들 때문에 수도 없이 끔찍한 일을 당했지요. 그러니 사람들이 미워지더군요. 그래서 더는 그들이 사는 곳에는 가지 않아요. 살지도 않고 말이지요."

고통스러운 과거의 흔적은 고통스러운 기억만을 되살릴 뿐이다.

이솝 이야기 1

위대한 노예, 이솝이 전하는
교훈과 감동 이야기

'이솝 이야기'를 모르는 사람은 거의 없다. 작자는 이솝이며, 장르는 아동용 동화임을 말이다. 사실상 대부분의 사람들이 그렇게 생각할지도 모른다. 그러나 조금만 더 생각해 보면 그러한 선입견은 꽤 터무니없는 것이다. 단순한 옛날이야기가 수천 년의 세월을 거치는 동안 어떻게 한 사람의 이름 아래 살아남았을까? 등장'인물'도 거의 동물들로 이루어진 이야기가 어떻게 오랜 세월 동안 사람들의 공감을 이끌어 낼 수 있었을까? 그리고 이 '이야기'는 현재의 우리에게, 그리고 미래의 세대들에게 어떤 의미를 줄까?

그리스의 우화 작가, 이솝

먼저 이 이야기를 '썼다'고 하는 이솝이라는 사람부터 살펴보자.

모든 고대인이 그러하듯, 그의 생몰년도나 행적에 관해 정확히 아는 사람은 아무도 없다. 단지 그가 기원전 620년경 트라케에서 태어났고, 사모스 사람인 크산투스와 야드몬이라는 사람의 노예로 생활하다가 자유민 신분을 얻었으며, 나중에 델포이의 아폴론 신전 사제의 탐욕을 고발하다가 그들의 분노를 사서 죽었다는 것만이 그나마 알려진 사실이다.

그의 외모에 관한 이야기도 애매모호하기는 마찬가지다. 혹자는 그가 '에티오피아인'처럼 검은 피부를 지녔다고 말하기도 하고, 곱사등에 말더듬이었다고도 하며, 또 엄청난 추남이었다고도 이야기한다.

다만 한 가지 확실한 것은 그가 노예 생활을 했다는 점이다. 당시 그리스의 계층은 크게 자유민과 자유민의 아래에서 여러 가지 육체노동을 전담하는 노예로 구분되었다. 이솝 또한 그의 이야기에 나오는 노새처럼 스스로의 자유를 자유민들에게 내맡긴 채 절망적인 생활을 영위했음을 의미한다.

그러나 그의 동료 노예들이 고된 삶 속에서 절망하고 체념할 때, 그는 자신의 주변 환경으로부터 의미를 찾으려 노력했다. 수많은 자유민과 동료 노예의 모습에서 인간의 성격을 추론해 냈고, 사람들 사이의 관계와 신들의 가르침으로부터 그 정수를 뽑아냈다. 거기에 억눌린 자 특유의 걸쭉한 입담과 재치를 섞어 그 자신만의 독보적인 장르를 만들어 냈다. 바로, 우화(Fable)라는 장르였다.

지혜를 담은 이야기, 우화

표준국어대사전의 정의에 따르면, 우화는 인격화한 동식물이나 기타 사물을 주인공으로 하여 그들의 행동 속에서 풍자와 교훈의 뜻을 나타내는 이야기라고 한다.

이러한 형태의 이야기는 굳이 이솝 이야기에서만 찾아볼 수 있는 것은 아니다. 동양의 전통 이야기 중에서도 인간이 아닌 주인공이 등장하는 설화는 얼마든지 찾아볼 수 있다. 우리의 전래 동화에도 지나가는 선비 이외에 까치나 호랑이, 뱀이나 토끼 등의 동물들은 자주 등장한다.

그러나 이솝의 이야기 속에서 등장하는 동물들은 독특하다. 동물들뿐만이 아니다. 사물과 인간, 심지어는 신들마저 저마다의 개성과 목소리를 가지고 이야기 속에서조차 자신들의 삶에 관해 이야기한다.

게으르고 느리지만 끈기 있는 거북이와, 성미 급하고 재빠르지만 언제나 육식 동물에게 희생당하는 토끼, 인간으로부터 항상 채찍질당하면서 힘든 일을 도맡아 하는 노새와 당나귀와 황소, 모든 동물 위에서 군림하는 사자, 잔꾀가 특기인 여우, 음험하고 위험한 늑대, 제우스의 새 독수리, 자신의 아름다움을 과시하는 공작, 유약하게 인간의 보호를 받는 양과 닭부터 인간의 곁을 지키는 개까지. 이 모든 동물이 이야기의 줄거리 속에서 저마다의 개성을 드러낸다. 이들은 믿음과 우정, 가족 간의 사랑과 순종 같은 인간의 미덕은 물론이고 배신과 질투, 탐욕과 불화 같은 인간의 악덕 또한 갖고 있는 지극히 양면적인 존재이다. 지금도 살아 숨 쉬고 있을 인간의 모습을 그대로 닮은 동물들인 것이다.

당연히 그런 주인공들이 등장하는 이야기가 도덕적이기만 할 리는 없다. 헤르메스 덕분에 잃어버린 도끼를 찾은 나무꾼의 이야기처럼 착한 이들이 그에 합당한 보상을 받는 경우도 있지만, 그와 반대로 억울함을 전혀 호소하지 못하는 경우도 부지기수이다.

이것뿐만이 아니다. 오직 자신의 힘만을 믿고 남의 정당한 노동의 대가를 부당하게 빼앗는 사자가 있는가 하면, 심지어는 자신의 친한 길동무를 바쳐 목숨을 보전하려 했던 여우까지도 이솝 이야기에는 가감 없이 등장한다. 어떤 이야기는 인간의 미덕을, 어떤 이야기는 권모술수를, 또 어떤 이야기는 정당한 복수를 이야기한다. 시대와 국가를 초월하여 모든 이가 자연스럽게 살아가는 모습을, 그리스의 가면극에서 그랬던 것처럼 동물의 탈을 씌워 있는 그대로 보여 준 것이다.

그 덕분에 이솝 이야기는 그리스인들로부터 선풍적인 인기를 얻게 되었다. 그리고 사람들은 자신만의 우화를 만들어 내기 시작했고, 여기에 이솝의 이름을 붙여 퍼트리게 되었다.

이솝 이야기를 읽어야 하는 이유

이 과정을 거치면서 이솝 이야기는 그 수가 늘어난 것은 물론이고 형식과 내용도 고도로 정제되기 시작했다. 자칫 그리스인들에게만 통용될 수 있는 이야기가 오랜 세월을 지나면서 수많은 사람의 손을 거친, 보편타당한 이야기로 변화된 것이다.

바로 여기에 우리가 이솝 이야기를 읽어야 하는 이유가 존재한다. 이솝 개인의 재치와, 그리스 사람들이 갖고 있던 세계에 대한 인식을 거쳐, 그 속에 녹아 있는 인간 특유의 보편타당한 사고방식을 스스로에게 체화시키기 위함이다. 동물들의 모습 뒤에 녹아 있는 우리들의 모습을 발견하고 공감하며, 이러한 이야기를 만들었던 고대인들이 우리와 다르지 않음을 깨닫기 위해서다. 그리고 그 고대인들의 뒤에서 조용히 미소 짓고 있는, 자신의 어려웠던 처지를 기지와 해학이 넘치는 이야기로 바꾸어 냈던 이솝을 우리 안에서 찾아내기 위해서다.

이지영

더클래식

세계문학
컬렉션

1 │ 노인과 바다 │ 어니스트 헤밍웨이

1953년 퓰리처상 수상작 / 1954년 노벨문학상 수상작 / 미국대학위원회 선정 SAT 추천도서

2 │ 동물 농장 │ 조지 오웰

미국대학위원회 선정 SAT 추천도서 / 〈타임〉지 선정 현대 100대 영문소설
한국 문인이 선호하는 세계명작소설 100선 / 서울시 교육청 추천도서
논술 및 수능에 출제된 책(1998~2005)

3 │ 어린 왕자 │ 앙투안 드 생텍쥐페리

전 세계 1억 부 이상 판매 기록 / 16개국 언어로 번역

4 │ 사람은 무엇으로 사는가(톨스토이 단편선 1) │ 레프 니콜라예비치 톨스토이

영어권 문학가들이 가장 좋아하는 작가 / 전 세계 거의 모든 언어로 번역된 필독서

5 │ 검은 고양이(포 단편선) │ 에드거 앨런 포

포 최고의 미스터리 세계를 보여 준 호러 문학의 걸작

6 │ 예언자 │ 칼릴 지브란

'현대의 성서'로 불리는 책

7 │ 젊은 베르테르의 슬픔 │ 요한 볼프강 폰 괴테

세기의 철학가와 문인들의 찬사를 받은 대표작

8 │ 독일인의 사랑 │ 프리드리히 막스 뮐러

잊히지 않는 낭만적 사랑의 향기 / 독일 낭만주의 시인 막스 뮐러의 유일 순수문학 작품

9 │ 이방인 │ 알베르 카뮈

노벨 연구소 선정 최고의 세계문학 100선 / 1957년 노벨문학상 수상작
대한민국 명사 101인의 대표 추천작 / 연세대학교 필독도서 / 미국대학위원회 선정 SAT 추천도서
〈타임〉지 선정 세상을 움직인 책 100권

10 │ 데미안 │ 헤르만 헤세

노벨문학상 수상 작가 / 20세기 일대 센세이션을 일으킨 성장 소설의 고전
서울시 교육청 추천도서

25 | 리어 왕 | 윌리엄 셰익스피어

대한민국 명사 101인의 대표 추천작 / 서울대학교 권장도서 100선 / 연세대학교 필독도서
미국대학위원회 선정 SAT 추천도서 / 〈가디언〉지 권장도서 / 세인트존스 대학교 권장도서
논술 및 수능에 출제된 책(1998~2005)

26 27 28 29 30 | 레 미제라블 1~5 | 빅토르 위고

저명한 문학비평가들이 극찬한 세기의 걸작 / WTO 북클럽 추천도서
2013년 개봉한 영화 〈레 미제라블〉의 원작 / 전자책 베스트셀러 1위(2013)

31 | 월든 | 헨리 데이비드 소로

미국대학위원회 고교추천도서 101 / 미국대학위원회 선정 SAT 추천도서

32 | 겨울 왕국 (안데르센 단편선 1) | 한스 크리스티안 안데르센

어린이문학에 꽃을 피운 불멸의 작가 / 세계를 움직인 100권의 책 선정
노벨 연구소 선정 세계 100대 문학 작품

33 | 오만과 편견 | 제인 오스틴

서울대학교 동서고전 200선 / 연세대학교 필독도서 / 세인트존스 대학교 권장도서
〈텔레그라프〉지 완벽한 도서관을 위한 권장도서 100 / 〈가디언〉지 권장도서
미국대학위원회 선정 SAT 추천도서 / 국립중앙도서관 선정 청소년 권장도서

34 | 로미오와 줄리엣 | 윌리엄 셰익스피어

서울대학교 동서고전 200선 / 미국대학위원회 선정 SAT 추천도서
칼리지보드 선정 고교생 필독서 101권

35 | 바람이 분다 | 호리 다쓰오

미야자키 하야오의 애니메이션 영화 〈바람이 분다〉 원작

36 | 맥베스 | 윌리엄 셰익스피어

서울대학교 권장도서 100선 / 연세대학교 필독도서 / 미국대학위원회 선정 SAT 추천도서
국립중앙도서관 선정 청소년 권장도서

37 | 신곡 – 인페르노(지옥) | 단테 알리기에리

서울대학교 권장도서 100선 / 국립중앙도서관 선정 청소년 권장도서
미국대학위원회 선정 SAT 추천도서 / 〈뉴스위크〉지 선정 100대 명저

38 | 외투 · 코(고골 단편선) | 니콜라이 바실리예비치 고골

러시아 사실주의 문학의 지평을 연 작품

39 | 인간 실격 | 다자이 오사무

교육과학기술부 산하 사단법인 한국교육지원회 선정 아침독서 10분 운동 필독서
영화 평론가 이동진 추천도서

40 | 마지막 잎새(오 헨리 단편선) | 오 헨리

서울대학교 · 연세대학교 추천도서 / 서울시 교육청 추천도서
EBS 주최 북퀴즈 왕 선발 추천도서

* 더클래식 세계문학 컬렉션은 계속 출간될 예정입니다.